AF286081

Mathias Schwarz
Wege ins Herz

Mathias Schwarz

Wege ins Herz
Daseinsgedanken

Zeitgemäße Poesie in Lyrik und Prosa

Bibliografische Information Der Deutschen Bibliothek: Die Deutsche Bibliothek verzeichnet diese Publikation in der Deutschen Nationalbibliografie; detaillierte bibliografische Daten sind im Internet über http://dnb.ddb.de abrufbar.

Copyright © 2007 by Mathias Schwarz
Herstellung und Verlag:
Books on Demand GmbH,
Norderstedt
ISBN: 978-3-8334-7850-5

Für meine Eltern
meine Frau
und meine Kinder

„... und wir tun, als ob das Leben eine schöne Reise wär ...“

Peter Alexander

Inhaltsverzeichnis:

Vorwort 13

Begrüßung 18

Warum Dichten? 19

Zauberhaft-Romantisch 22

Heimat 24

Sehnsucht 25

Jahreszeiten 26

Frühling 28

Veilchen 29

Zauber einer Sommernacht 31

Herbst 32

Zauber einer Winternacht 34

Jahreswechsel 35

Hoffnung 36

Schönheit 37

Erfülltes Leben 38

Alltag 39

Leben 40

Ziele 41

Der Wunsch 42

Wasser und Leben 43

Für meine Frau 44

Auf immer vereint 45

Zufrieden 46

Kreislauf 48

Gefangen 49

Die Sichtweise 50

Der Sinn 51

Schicksal 52

Teufelskreis 53

Die Kirche 55

Er 56

Die Kerze 57

Wahres Glück 58

Mein bester Freund 59

Für meine Tochter 60

Realistisch-Bissig 63

Das Leben und das Sterben 64

Der Gevatter 65

Wolke 7 66

Ewige Jugend 68

Das Arbeitsleben 70

Das Ofenfeuer 73

Die Pfeiler der Gesellschaft 74

Gemeinschaft 75

Die Kunstausstellung 76

Vernissage 77

Der gute Vorsatz 78

Idylle 79

Der Bäcker 80

Im Restaurant 82

Der Versager 84

Kollektivität 86

Erziehung 88

Der Bücherschrank 90

Der Verein 92

Menschen im Park 94

Der Liebessturm 97

Deutsch?-/-? 98

Die große Hoffnung 100

Menschen 102

Die Selbstmörder............................... 104

Tiefgründig-Nachdenklich 107

Weihnachten...................................... 108

Die Rechnung.................................... 109

Qualvolles Ende 110

Die Ruhe der Nation.......................... 112

Risiko 114

Zukunft?--?....................................... 116

Der Unfall... 117

Unheilbar krank................................ 118

Wozu? 119

Seine letzte Reise 120

Die Nacht 122

Banal-Einfach...................................... 125

Geselligkeit 126

Kommunikation................................. 128

Der Umzug.. 129

Limericks 1....................................... 132

Urlaub... 134

Das Sommerfest 136

Limericks 2....................................... 138

Die Insel 140

No äbbes Schwäbischs 143

Em Boddwardal................................. 144

Dr gliggliche Mo............................... 146

Geburdsdag 148

S Finanzamt...................................... 150

A ganz normaler Dag 152

Nachwort... 156

Danke 158

Heute ist immer der beste Tag – denn es ist wieder einer mehr

Vorwort

Liebe verehrte Leserin,
sehr geehrter Leser,

wenn Sie bei diesen einleitenden Sätzen angekommen sind, so ist diese Tatsache ein unumstößlicher Beweis dafür, dass Sie jetzt im Moment mein Buch in Händen halten oder vor sich liegen haben. Im für mich günstigsten Fall haben Sie es vorher käuflich erworben. Dafür danke ich Ihnen aufrichtig, und ich kann nicht umhin, Sie zu dieser wunderbaren Entscheidung zu beglückwünschen.

Die Stücke, die Ihnen von jetzt an Ihr ganzes Leben zur Verfügung stehen werden, lassen sich in verschiedene, ganz unterschiedliche Rubriken eingruppieren.

Alle geschilderten und verarbeiteten Situationen und Gedanken sind dem wirklichen Leben entsprungen, und wurden von mir sowohl in Lyrik als auch in Prosa niedergeschrieben. Um Geschichten zu schreiben, muss man sich nichts ausdenken. Man muss nur mit offenen Augen und Ohren durch die Welt gehen. Meine Gedichte sind durch die ebenso einfache wie hervorragende (und kostenlose) Möglichkeit des intensiven Beobachtens entstanden.

Natürlich kann man alles so, oder eben auch so betrachten!

Die Träumer unter Ihnen werden sich mit Bestimmtheit von der Rubrik „Zauberhaft-Romantisch" angezogen fühlen. Andere finden eventuell die Abteilung „Realistisch-Bissig" sehr amüsant. Diejenigen unter Ihnen, die in der Poesie den harten, unerbittlichen, unausweichlichen, aber auch den melancholischen, traurigen Teil des Lebens suchen, freunden sich wahrscheinlich sehr schnell mit dem Kapitel „Tiefgründig-Nachdenklich" an, und für alle, die einfach nur mal zwischendurch leichte Kost und gefällige Unterhaltung suchen, habe ich die Sparte „banal-einfach" ins lyrisch-prosaische Leben gerufen.

Eine kleine Anzahl Seiten dieses Buches blieb bis jetzt noch unerwähnt: es handelt sich dabei um die Abteilung „No äbbes Schwäbischs", die allerdings, wie ja bereits aus der Bezeichnung ersichtlich, ausschließlich schwäbische Stücke umfasst, weshalb ich sie auch an das Ende gesetzt habe. Da Schwäbisch nun nicht unbedingt für alle Menschen dieser Welt eine leicht lesbare und verständliche Sprache darstellt, empfehle ich allen Nicht-Schwaben, vor diesem Kapitel das Lesen einfach einzustellen, so zu tun, als wäre diese letzte Etappe unserer Reise durch die fantastische Welt der Poesie einfach nicht vorhanden, und ab Seite 156 das Buch mit mir gemeinsam zu beenden.

Für die Sprachgenies unter Ihnen allerdings stellt diese letzte Rubrik einen echten literarischen Leckerbissen dar. Wir Schwaben sind nämlich, ganz entgegengesetzt der weitläufigen Meinung, ein durchaus umgängliches, lustiges Völkchen, wenn wir wollen, und das schlägt sich unübersehbar in diesen rauen, aber herzlichen Gedichten nieder.

Die Schwaben haben, wenn man so will, eine etwas eigentümlich-derbe Art, miteinander umzugehen, und so mutet die eine oder andere Passage dieses Buches (auch des nichtschwäbischen Teils) vielleicht ein wenig hart und übertrieben an.

Übertrieben – ja, das darf man gerne so sehen. Manche Dinge müssen einfach überdeutlich skizziert werden, um deren Kern sichtbar zu machen.

Hart – dieses Empfinden mag an der im schwäbischen Sprachraum heimischen Erzählweise liegen. Wir sind hier gemeinhin nicht so wählerisch im Umgangston und nicht so empfindlich in dessen Interpretation.

An dieser Stelle ein kleiner Tipp für alle „Nicht-Schwaben": Ereifern Sie sich nicht, sondern lächeln Sie stattdessen ein wenig über unsere manchmal doch etwas ruppige Ausdrucksweise.

Es ist mir ein nicht unbedeutendes Anliegen, auf die Zufälligkeiten dieses Buches hinzuweisen. Eventuelle Ähnlichkeiten mit tatsächlich existierenden Personen sind in keiner Weise beabsichtigt oder gewollt. Sollte sich der Eine oder die Andere in der einen oder der anderen Geschichte wieder finden, so mag das vielleicht rühmlich (oder auch nicht ...) sein, wurde von mir aber ganz bestimmt nicht geplant und inszeniert.

Einzige Ausnahme sind ein paar Limericks, die sich direkt auf unseren wunderschönen Lebensraum, das Bottwartal in und um Oberstenfeld, beziehen. Die erwähnten Namen sind aus leicht verständlichen Gründen nur absoluten Ureinwohnern dieses Lebensraums bekannt. Die große Mehrheit meiner Leser wird sie nicht identifizieren und niemals mit tatsächlich lebenden Menschen in Verbindung bringen. Die geschilderten Begebenheiten, die mit diesen Personen in Verbindung stehen, sind frei erfunden und entbehren jeglicher Realität. Limericks leben von dem darin verbreiteten höheren Blödsinn, und ich danke an dieser Stelle ausdrücklich allen erwähnten Honoratioren für ihr sicherlich vorhandenes Einverständnis und ihre dadurch bewiesene, gesunde Einstellung zum Humor im Allgemeinen und zur Fähigkeit, herzhaft über sich selber lachen zu können, im Speziellen. Herzlichen Glückwunsch zu diesen hervorragenden Charaktereigenschaften!

Zu meinem großen Glück darf ich mich als einen aufgeschlossenen Kosmopoliten bezeichnen. Ich liebe die Menschen, die Abwechslung und ständig neue Aufgaben und Erkenntnisse. Die verschiedenen Kulturkreise dieser Erde bedeuten für mich positive Spannung, intensive Gespräche, interessante Erfahrungen und somit die Erweiterung meines Horizontes.

Hiermit distanziere ich mich explizit von jeglichen radikalen Gesinnungen, egal, aus welcher Richtung sie auch immer kommen mögen. Fremdenhass ist mir zuwider, Diskriminierung, in welcher Form auch immer, lehne ich ab.

Dass meine Texte diesbezüglich unmissverständlich sind und immer richtig interpretiert werden, wünsche ich mir sehr.

Dieses Buch, meine Damen und Herren, ist – wie Sie sicherlich verstehen können – nicht an einem Tag entstanden. Es hat viele Wochen und Monate gedauert, und es waren sämtliche Stimmungen nötig, die Sie in den vorliegenden Werken wieder finden können. Deshalb empfehle ich Ihnen, dieses Buch genau so zu lesen. Hetzen Sie nicht durch die Seiten, denn dann überlesen Sie eventuell tiefgründige Passagen oder versäumen witzige Pointen. Lassen Sie sich ausgiebig Zeit für diese Stücke. Lesen Sie so, wie ich geschrieben habe – konzentriert, jedes einzelne Gedicht mit einer immer wieder neuen, unverbrauchten Hingabe, und mit entsprechenden Denk- und Konzentrationspausen dazwischen. Nur dann offenbart sich Ihnen der ganze Zauber dieser Zeilen.

Als Fotokünstler konnte ich nicht umhin, diese stimmungsvollen Texte mit meinen ausdrucksstarken Bildern zu umgeben. Diese Bilder wurden alle von mir selbst fotografiert und speziell für diesen Poesieband ausgewählt. Ich hoffe, sie bereiten Ihnen genau so viel Freude wie mir.

Geben Sie sich diesen Stimmungen hin, und erliegen Sie der Faszination des Zusammenspiels zwischen dem Objekt und seiner Wirkung. Lassen Sie sich von Wort und Bild in eine Zauberwelt der Gefühle entführen und genießen Sie Ihre Zeit dort ausgiebig und offenen Geistes.

Ich wünsche Ihnen, dass Sie mit meinem Buch entspannte Momente erleben, dass Sie – wo nötig – wieder etwas Mut und Hoffnung schöpfen können, dass Sie durch das eine oder andere Stück zum Nachdenken angeregt werden, und, letztendlich natürlich, dass Sie so oft wie möglich herzhaft lachen können und sich so richtig wohl fühlen bei der Lektüre.

Nun denn, beschreiten wir gemeinsam den Weg, machen wir uns auf die Reise ...

Mathias Schwarz
Oberstenfeld
April 2007

Begrüßung

Grüß Gott, ihr Leut, von nah und fern.
Ihr wisst es längst, ich seh euch gern.
Aus jedem Menschen von euch spricht
erwartungsvoll ein Angesicht.
Was kommt wohl in der nächsten Stund
so auf mich zu, wird's trist? Wird's bunt?
Wird diese Zeit, die ich hier sitz
verloren sein, oder voll Witz?
Was hat der Autor für ein Ziel?
Bringt er mir wenig, oder viel?
Was zieht er für ne Stimmung vor?
Dem Namen nach schwarzen Humor!

Da muss ich lachen, meiner Treu!
All diese Fragen sind nicht neu!
Ihr werdet in der nächsten Stund
viel hören hier in dieser Rund!
Gedanken werden viel gemacht.
Mal wird gegrübelt, mal gelacht.
Doch eins ist sicher, liebe Leut:
kurzweilig wird es werden heut!
Ich hab für jeden was dabei.
Ein kunterbuntes Allerlei.
Drum wünsch ich euch viel Spaß, alsdann,
am Besten fangen wir gleich an!

Warum Dichten?

Ich reime, weil ich sagen will, was man nicht wirklich sagt
Und all das endlich fragen will, was man nicht wirklich fragt

Gesellschaftlich, politisch, oder einfach ganz privat
Ich brauch' stets ein Ventil, wenn ein Gedankenansturm naht

Und fass ich dann in Reime, was mich treibt und mich bewegt
Dann werden meine Zweifel wie von Zauberhand zerlegt

Ich spüre, wie sich langsam mein Gedankenknoten löst
Noch während der Gedanke seine Worte von sich stößt

Sie fügen kettengliedergleich sich auf mein Blatt Papier
Und stehen plötzlich, versverpackt, schön aufgereiht vor mir

Durchs Dichten geh ich allen Diskussionen aus dem Weg
Obwohl ich damit doch meine Gedanken offen leg

Und wird's mal herb, sagt jeder, das hat er nicht so gemeint
Das hat er nur gesagt, damit sich's hinten besser reimt

Denn durch die simple Reimerei verärger ich euch nicht
Weil jeder weiß, es ist doch bloß ein weiteres Gedicht

Die Zahl unserer Tage können wir nicht beeinflussen.

Wohl aber deren Qualität!

Etappe 1:

<u>Zauberhaft-Romantisch</u>

Lehnen Sie sich jetzt zurück
Legen Sie die Füße hoch
Brille auf für klaren Blick
Wenigstens ein Stündchen noch
Sollten Sie sich konzentrier'n
Mit dem Büchlein in der Hand
Denn ich werd Sie jetzt entführ'n
In mein fernes Zauberland ...

Heimat

Ich wandle durch die Auen
Freu mich an der Natur
Weit kann mein Auge schauen
Wie schön ist es hier nur

Die Hänge voller Reben
Die Wälder voller Wild
Ich liebe dieses Leben
Es malt ein herrlich´ Bild

Das reife Obst im Garten
Der Keller voll, nicht leer
Worauf will ich noch warten
Mein Herz, was willst Du mehr

Der blaue Himmel droben
Und unten unsre Welt
Ach, Herr, ich will Dich loben
Dein Werk mir so gefällt

Sehnsucht

An eisig kaltem Wintertag
Mit Sonnenschein und Himmelblau
Ich nur Gefühl und Herz vertrau
Und wandle ohne Sorg´ und Plag

Ganz der Natur geb´ ich mich hin
Die Seele schwebt hoch über mir
Am liebsten wär ich jetzt bei Dir
Ich leider ganz woanders bin

Es ist hier grad so friedlich, still
Die weißen Zuckerwolken ziehn
Während sie über mir entfliehn
Ich einen Gruß Dir schicken will

Du Liebe meines Herzens, sei
Mir treu die nächsten tausend Jahr
Dann ist mir, glaub mir, es ist wahr
Des Lebens Unbill einerlei

Was ich ersehne ist nicht viel
Komm wieder, komm an meinen Ort
Bist Du bei mir, spür ich sofort
Ein wundersames Glücksgefühl

Jahreszeiten

Die Sonne kommt ganz zaghaft raus
Die Bäume schlagen langsam aus
Man riecht ganz deutlich die Natur
Man fühlt die gute Laune pur
Die Lebensgeister werden wach
Die Vögel zwitschern auf dem Dach
Die Liebe zieht im Herzen ein
Es muss wohl wieder Frühling sein

Man hört die Bienen rings umher
Der Blumen werden immer mehr
Die Rasenmäher brummen nun
Im Garten gibt es viel zu tun
Die Tage werden richtig heiß
Und auf den Körpern glänzt der Schweiß
Man grillt, man lacht, bleibt nicht allein
Es muss wohl wieder Sommer sein

Gerüche spürst Du mehr und mehr
von reifem Obst, so süß und schwer
Man erntet, leidet keine Not
Die Wälder werden gelb und rot
Spinnweben hängen in der Luft
Man spürt den feuchten Nebelduft
Die Astern welken vor sich hin
Das heißt wohl, dass im Herbst ich bin

Das Jahr sich nun zum Ende neigt
und uns die kalte Schulter zeigt
Die Nächte werden endlos lang
Ganz tief im Herzen wird uns bang
Wir wissen, dass etwas vergeht
was niemals wieder aufersteht
Der Schnee bedeckt die Welt – oh, nein!
Es wird wohl wieder Winter sein!

So kommt und geht ein jedes Jahr
Gefällt's Dir nicht, so ist's doch wahr
Der Lauf des Lebens ist es halt
Erst bist Du jung, dann bist Du alt
Die Menschen wie die Jahre ziehn
Erst wachsen, reifen, dann verblühn
Ist's Ende nah – ist es noch weit?
Du weißt es nicht – genieß' die Zeit!

Frühling

Siehst Du die Knospen, frisch und klein
Der Blätter zartes, helles Lind
Man wandelt leichten Schritts zu zwein
Die Seelen wieder glücklich sind

Die Sonne zaghaft wärmt die Welt
Der Wind noch manchmal stark und kühl
Was unsern Geist belebt, erhellt
Ist tief empfundenes Gefühl

Das Herz ist weit, es springt und lacht
Die Sinne leben wieder neu
Es blieb durch lange Winternacht
Tief in uns wahre Liebe treu

Gib nach dem Drängen Deiner selbst
Sei froh, indem Du tanzt und singst
Durch dieses Tun, das Du erwählst
Du Freiheit, Lust und Glück erringst

Veilchen

Am Wiesenrain, an leichtem Hang
Da wohnen still und leis
Geschöpfe, schon unendlich lang
Sie sind nicht rot, nicht weiß

Sie leuchten hell und strahlen blau
Sie sind so wunderschön
Im Frühjahr, wenn die Lüfte lau
Dein Auge sie kann sehn

Vom Morgentau die Blätter feucht
Die blauen Blüten klein
Ein Käfer unter ihnen kreucht
Er fühlt sich nicht allein

Sie schauen in die Welt hinaus
Es staunen groß und klein
Stets übers Jahr kommen sie raus
Und wollen Dich erfreun

Die Blümchen spenden Zuversicht
Trost in manch schwerer Zeit
Schau sie gut an und glaub an Dich
Dein Glück ist nicht mehr weit

Lass diese Blumen, zart und rein
An ihrem Platze stehn
Denn nur so kann es schließlich sein
Dass sie noch andre sehn

Zauber einer Sommernacht

Dringt der Sommernächte Schein
tief in Deine Seele ein

Wenn die laue Sommernacht
in Dir ein Gefühl entfacht

Wenn der süße Sommerduft
ringsumher erfüllt die Luft

Wenn Romantik in Dich dringt
und Dir sanfte Träume bringt

Wenn Dein Herz vor Sehnsucht schwer
und Du wünscht Dir nichts so sehr
als ein andres Herz, so hold
ehrlich seine Lieb´ Dir zollt

Dann schwebst Du im großen Glück
der Sommernacht – willst nie zurück
aus diesem wundersamen Tal
ganz frei von jeder Seelenqual

Dein Herz – es geht Dir auf und springt
vor Glück hoch in die Luft und singt

Wer weiß, wie lang das währen mag.
Drum, Freund, genieße jeden Tag!

Herbst

Die wolkenweichen Geister mysthen durch das Tal
Sie hüllen Baum und Strauch und Wiese ein
Ihr feuchter Mantel bauscht sich mal für mal
Eben noch groß und rund und voll, und jetzt schon schmal und
klein

Geschöpfe mit acht Beinen, arbeitsam und schnell
Schweben auf gehäkelt Netzen, schaukeln leicht im Wind
Tropfen zwischen Maschen, taufrisch wird es hell
Wunder über Wunder für offne Augen sichtbar sind

Der stille Silberbach in seinem seichten, engen Lauf
Schlängelt schlangengleich durch Wald und Flur
Der alte, krumme Zaun stützt müde sich auf seinen Pfosten auf
Verfaulend schwach sinniert er resigniert: „Was mache ich hier
nur?"

Der frühe Tag mutiert zu graudiffusem Licht
Die Silhouetten rings umher verschwimmen schleiernd elfen-
gleich
Geräusche, fernwehschwanger, weit – Du hörst, Du hörst auch
nicht
Die Stimmung märchenhaft verzaubert, dickflüssig die Luft
und weich

Die Tiere schleichen leisfüßig, besonnen achtsam durch die
Welt
Sie spüren wissend einen Wandel – etwas Altgewohntes dreht
Was seither galt, jetzt plötzlich nicht mehr zählt
Wer weiß, wie alles weitergeht

Zauber einer Winternacht

Die Flocken fallen auf die Welt
Sie fallen sanft und leis
Sie decken Wald und Wiesen zu
Vielleicht bald mich – wer weiß

Die Straßen sind ganz still und ruhn
In jedem Fenster Licht
Die Herzen vor Erwartung weit
Die Menschen schlafen nicht

Sie warten auf den hellen Stern
Am Himmel, groß und weit
Sie warten, dass der Friede kommt
Bald wird es wieder Zeit

Man betet, singt, umarmt sich auch
Beschenkt sich, wünscht sich Glück
Man ist beseelt vom alten Brauch
Doch – Alltag kommt zurück

Die Flocken fallen immer noch
Ganz still und sanft und leis
Sie decken langsam alles zu
Auch Dich und mich – ich weiß

Jahreswechsel

Jahreszeitenschnell die Monate zogen vorbei
Kaum Frühling war es, schon klopfte der Sommer an
Fast unheimlich mutet es an, das Uhrzeittickeneinerlei
Tagein – Tagaus, die Zeit vergeht, nicht halten kann sie Frau,
noch Mann

Der Sommer ging mit seiner sonnengoldnen Wärme
Der dunkelbunte Herbst das weite Land beschlich
Die schwermütge Abschiedsstimmung dringt bis tief in Dein
Gedärme
Du ziehst Dich sacht zurück, gehst in Dich, fürchtest Dich

Da packt sie zu, die eiskristallne, blaue Winterhand
Sie läuft Dir kalt am nackten Rücken auf und ab
Sie macht Dich schaudern, gänsehauterzitternd stehst Du an der
kahlen Wand
Kein Ausweg zeigt sich rettungsbringend Dir, Du schaust hin-
ab ins offne Jahresgrab

Erschossen wird es nun, das alte Jahr! Mit lautem Knall
Ergibt es schweigend sich der dunklen Grube Bann
Die Menschen nennen diesen Mord Silvesterball
Doch folgt dem Tode die Geburt – das neue Jahr fängt an

Hoffnung

Bist Du des Abends oft allein
Verlassen von der Welt?

Liegst Du des Nachts oft wach daheim,
vermisst, was Dir so fehlt?

Ein liebes Herz an Deiner Seit´
Wär's grad, was Du ersehnst

Dem Du Dich in all Deinem Leid
Erschöpft entgegenlehnst

Ein liebes Wort so dann und wann
Verständnisvoll und leis

Spricht Dich vielleicht schon morgen an
Mein guter Freund, wer weiß?

Mach´ nur die Augen und die Ohrn
Weit auf und gib gut Acht

Denn lässt Du's ziehn, bist Du verlorn
In Deiner dunklen Nacht!

Schönheit

Hell scheint's, wenn wir es auch nicht sehen
Weil Wolkenberge hindern unsern Blick
Doch wenn die Wolkenberge endlich weitergehen
Kehrt endlos freie Sicht zu uns zurück

Du sollst nicht allzu lange ihrem Zauber schauen
Denn viel zu grell ist sie für Dich, mein Kind
Die Schönheit birgt ganz tief in sich auch Grauen
Und wenn Du zu lang hinsiehst, wirst Du vielleicht blind

Erfülltes Leben

Gerne seh ich Sterne blitzen
An dem weiten Himmelszelt
Hinterm Fenster stille sitzen
Nachdenken über die Welt

Worauf kommt es an im Leben
Was treibt uns zu Taten an
Nicht dem Stillstand sich ergeben
Das bricht den gewohnten Bann

Altbewährtes stets bewahren
An den Wurzeln orientiern
Neue Wege gern befahren
Andre Dinge ausprobiern

Halte fest an Deiner Tugend
Sitte und Moral halt hoch
Vorbild bist Du für die Jugend
Auch in hohem Alter noch

Bleib Dir treu, geh Deine Straße
Gib nichts auf Getu, Gezier
Keine noch so laute Phrase
Soll den Geist vernebeln Dir

So wirst alt Du, reich an Jahren
Lebst mit Freude jeden Tag
Zwischen Deinen grauen Haaren
Frischer Wind stets wehen mag

Gerne seh ich Sterne funkeln
In des Himmels tiefem Blau
Brauch kein Licht, sitz gern im Dunkeln
Weil ich meinem Geist vertrau

Alltag

... und Wolken ziehen über uns ...

... ein übrig gebliebener Vogel zwitschert alleingelassen und melancholisch ein trauriges Lied

... in der Ferne rauscht düster und monoton das nicht enden wollende, ewig rastlose Band der Autobahn

... der Wind wirbelt die braunen, fleckigen Blattskulpturen – nur mehr Skelette – raschelnd durcheinander ---/--- es flüstern die heimlichen Stimmen der Elfen im Unterholz

... ein Flugzeug donnert am dunklen Himmel vorbei ---/--- sein Ziel unbekannt ---//--- vielleicht unerreichbar

... der Hund des Nachbarn verbellt heiser und halbherzig den auf dem Gehweg träge dahinschlurfenden Alten

... ein paar Häuser weiter weint leise ein Kind

... und Wolken ziehen über uns ...

Leben

Ist es das überquellende, alles verdrängende Glücksgefühl einer jungen Liebe?

Ist es das unbeschwerte, sorgenfreie, glockenhelle Lachen eines Kindes?

Sind es die süßen, schweren, alle Sinne betörenden Düfte eines Sommertages?

Ist es der Traum, von allem Belastenden frei zu sein, und schwerelos über den Wolken zu schweben, entrückt allem Irdischen?

Oder ist es das tief deprimierende, alles verzehrende Gefühl, überflüssig zu sein und nicht mehr gebraucht zu werden?

Ist es die unüberwindbare, zerstörerische und sich ständig selbst erneuernde Trauer beim Verlust eines lieben Menschen?

Ist es die eigene, tief verwurzelte Angst, allein und von allen vergessen aus dieser Welt zu gehen?

Oder ist es ---//--- all das//???

Ziele

Mein Freund, wie gehst Du durch das Leben?
Was ist Dein Sinnen – was Dein Streben?
Wartest Du, bis das Glück Dir lacht?
Was hast Du denn dafür gemacht?

Ist Geld vielleicht Dein Lebensziel?
Und zwar nicht wenig – eher viel?
„Reichtum" – denkst Du – „wann kommt Du an?"
Hast Du schon was dafür getan?

Gesundheit, Jugend – ist es das,
was in Gedanken macht Dir Spaß?
Im Alter fit bei Wein und Bier?
Sag an, was tust Du denn dafür?

Kein Streit, kein Krieg, nicht Not noch Leid
Nur Friede überall, allzeit!
Du wünscht Dir, dass es stets so sei?
Sag, was trägst Du denn dazu bei?

Mein Freund, wie gehst Du durch das Leben?
Was ist Dein Sinnen – was Dein Streben?
Wartest Du, bis das Glück Dir lacht?
Hast Du schon drüber nachgedacht?

Der Wunsch

Siehst Du den kleinen Schmetterling? Wie leicht er dahinschwebt! Von jedem kleinen Luftzug wird er mitgenommen. Er hat eigentlich gar keine klare Richtung, keinen eindeutigen Weg. Mir scheint, er flattert völlig orientierungslos hin und her. Eben noch hatte es den Anschein, er wolle nach rechts zu der gelben Blüte, und schon dreht er nach links ab in Richtung Kirschbaum. So ein Schmetterling hat es doch im Grunde genommen gut. Er hat kein bestimmtes Ziel, und somit kann es ihm ja gänzlich egal sein, wo er rauskommt. Und wann.

Ob ich wohl auch gerne ein Schmetterling wäre?

Ich könnte ohne Termindruck durch die Welt gehen. Ich hätte kein Ziel, niemand würde auf mich warten. Ich wäre ganz auf mich allein gestellt und könnte tun und lassen, was mir gerade so einfällt. Ich müsste mich nicht mehr mit anderen Menschen rumärgern, müsste mich nicht mehr über die vielen, unfähigen Autofahrer im Berufsverkehr aufregen, und das Finanzamt wüsste gar nicht, dass es mich gibt! Kein Chef würde mich mehr drangsalieren, keine unzufriedene, hässliche, frustrierte, kleine Mitarbeiterin würde mehr versuchen, mich zu mobben, und kein Kunde könnte mich mehr unter Druck setzen. Ich bekäme keine Strafzettel mehr und auch sonst keine Rechnungen. Ich bekäme überhaupt nichts mehr.

Ich wäre allein mit mir! Will ich das?

Wasser und Leben

Wasser fließt

Wasser lebt

Leben fließt ... - ...

an/...   .../vorbei
um/...   .../herum
durch ...   ... uns (!) ...
vor/...
hinter/...   .../her

(ver-) siegt es? - ?

Für meine Frau

Goldverhangnes Augenglitzern, sternenleuchtend heller Blick
Was ich fühl bei diesen Augen? Tiefempfundnes, wahres
Glück

Deine Seele seh ich scheinen, herrlich rein und wasserklar
In der himmelweiten Tiefe möcht ich schweben tausend Jahr

Deine sinnlichzarten Lippen sprechen Zauberworte mir
Bis ans Ende meiner Tage liege ich zu Füßen Dir

Deine lieblichsanfte Stimme, Deine Augen – engelsgleich
Schenken meinem Leben Liebe – machen mich unendlich reich

Seit Jahrzehnten bist Du bei mir, stets trag ich im Herzen Dich
Doch in Deiner großen Güte bist Du täglich neu für mich

Lass mich lauschen Deinem Geiste, lass verstehn mich
Deinen Sinn
Lass mich Deine Welt begreifen, bis ich eins dann mit Dir bin

Auf immer vereint

Die Liebe hängt zwischen den Zweigen.

Es ist still, windböenhaft ästeln die Bäume. Die Blumen –
aufopfernd, mitfühlend, das Schicksal teilend.

Die wenigen Menschen verstreut – gebückt, langsam, leise.

Du stehst da, erinnerungsschwer, seelenschmerzgeplagt, ent-
zweigerissen, allein.

Wie viel Zeit auch vergeht – es war immer gestern.

Deine Augen trauerfeucht, Dein Hals ausgetrocknet – zu.
Spröde und rau Deine Stimme.

Sieh´ - nicht *ein* Stein mahnt an die Vergangenheit. Sie *alle*
wünschen sich herbei Erinnerung, andauernde, tiefe Sehnsucht.
Und doch – sie sind vergessen – moosbewachsen, schwarz-
grün, altersschwach. Durch eigne Schwere krumm.

Wie glücklich doch der Mensch vor Dir – er fehlt, er wird
vermisst. Aufrichtig gewachsne Liebe, herzenswarme Hinge-
bung, zärtliche Qual.

Wie glücklich musst Du sein ob dem Gewesenen – Dein Jetzt
doch so sehr schmerzt.

Bewahre Euer beider Herz – erlebnisvoll – in Deinem.

Noch oft sollst Du herkommen – ewig hier stehen.

Welch schöner Ort für zwei unsterbliche Seelen.

Die Liebe hängt zwischen den Zweigen.

Zufrieden

Tief versunken in dem Sessel
Gutes Buch in Deiner Hand
Gemütlichkeit ist Deine Fessel
In dies Verließ Du gern verbannt

Dämmerlicht in Deiner Kammer
Kerzenschein auf Deinem Tisch
Trotz des Alters kein Gejammer
Immer noch im Geiste frisch

In dem Ofen brennt die Wärme
Nimmt den Schmerz aus dem Gelenk
Gegen gliedersteife Härme
Ist die Wärme ein Geschenk

Um die Hüften zugedeckt
Gutes Tuch, das Dich beschützt
Seit das Alter nach Dir streckt
Hast Du es schon oft benützt

So ruhst Du in Deinem Sitze
Die Gedanken schweifen ab
Leiten Dich Gedankenblitze
Zur Vergangenheit hinab

Die Erinnerungen ziehen
Du denkst an der Schule Zeit
Damals wolltest Du entfliehen
Doch wie schön erscheint sie heut

Dann der Tag der ersten Liebe
Herz, wie warst glückselig Du
Doch, grad wie von einem Diebe
Ward genommen sie im Nu

Deine Eltern sind gegangen
Ließen Dich zurück, allein
In der Trauer warst gefangen
Ohnmächtig, verzweifelt, klein

Doch Dein Leben, es ging weiter
Es ging bis zum heutgen Tag
Klimmst noch höher Du die Leiter
Keiner prophezeien mag

Du willst es auch gar nicht wissen
Packst Dich wärmer in Dein Tuch
Drückst Dich tiefer in Dein Kissen
Und liest weiter in dem Buch

Kreislauf

In jungen Jahren warst Du wild
Rebellisch, forsch und stark
Was früher galt, galt für Dich nicht
Du fühltest Dich autark

Du hattest heiße Träume
Alles ändern wolltest Du
Du warst unglaublich selbstbewusst
Und kämpftest immerzu

Du brauchtest keinen anderen
Die Welt gehörte Dir
Du fühltest Dich unsagbar groß
Bei Tabak, Wein und Bier

Die Menschen waren all für Dich
Nicht grade sehr viel wert
Verachtet hast Du sie und hast
Von Deiner Kraft gezehrt

So gingen Jahre in das Land
Du wurdest plötzlich still
Und hast erkannt, das Schicksal macht
Mitunter, was es will

Und wie den andern ging's auch Dir
Du wurdest langsam alt
Dein Kreuz zum Kämpfen nicht mehr taugt
Die Träume wurden kalt

Nun sitzt Du da und denkst zurück
An längst vergangne Zeit
Verändert hast Du nichts
Die Jugend ist Vergangenheit

Die jungen Menschen heute
Streben mit dem selben Mut
Veränderungen an, Du lächelst
Und verstehst sie gut ...

Gefangen

Das Leben ist ein ewger Kreis
Vom Anfang bis zum End
Und dann geht es von vorne los
Kein Mensch, der das nicht kennt

Die Liebe kommt, sie geht zuweil
So ist des Schicksals Lauf
Das Einzige, was Dir dann hilft:
Sei stark, und gib nie auf

Der Baum erst blüht, dann trägt er Frucht
Verschwenderisch an Zahl
Dann gibt er her sein Blätterkleid
Steht da, vergessen – kahl

Im Frühling treibt er wieder aus
Das gibt Dir neuen Mut
Am Ende wird, das weißt Du doch
Fast alles wieder gut

Beim Menschen ist's grad wie beim Baum
Er dreht sich um sich selbst
Und das, was Du erlebt hast
Deinen Kindern Du erzählst

Sie hörn Dir zu und drehn sich doch
Auch nur in ihrem Kreis
Die Chancen, dass es besser wird
Sind da, ob's klappt – wer weiß

Die Sichtweise

So mancher Dichter macht sich Luft in seines Reimes Sinn
Er sagt, „Wenn mich die Muse ruft, ich tief versunken bin.

Versunken in der Erde Schmerz, dem Übel und dem Leid.
Mir bricht mein edles Dichterherz bei soviel Elend heut."

Er reimt über die Hungersnot, die große Steuerlast,
über das Leben und den Tod, die ewge Hetz und Hast.

Er denkt nach über jeden Krieg, die Seelenqual der Welt
Über des Unheils ewgen Sieg, und dass nur Geld noch zählt.

Er bringt in Verse jede Pein, die man sich denken kann,
und schaut voll Stolz und Ehrfurcht sein gespiegelt Bild dann
an.

Er sieht den sorgenvollen Blick, die Falten im Gesicht,
die Tränensäcke schwer und dick, nur Freude sieht er nicht

Was bleibt denn noch vom Leben ihm, die Last, sie drückt ihn
sehr.
Die Sorgen sich nie mehr verziehn, sie werden immer mehr.

Und eines Tages bricht ihm dann der Rücken wie ein Holz.
Nicht länger mehr er leben kann, und geht dahin voll Stolz.

Da stellt sich eine Frage mir: Zeig ich euch all den Mist?
Oder sag ich nicht lieber hier was schön und edel ist!

Die Blumen und die Bäume, Himmel, Sonne, Mond und Wind.
Schau hin, und nichts versäume von den Wundern, liebes Kind.

Vielleicht werd ich nicht so bekannt wie dieser Pessimist.
Doch hab die Welt ich nicht verkannt – ich weiß, wie schön sie
ist.

Der Sinn

Du kommst zur Welt, bist klein und dumm
Doch stehst Du auf, gehst nicht lang krumm
Du lernst dazu, studierst und schaffst
Damit Du Geld zusammenraffst
Dann, über Nacht, bist Du zu zweit
Das erste Kind ist auch nicht weit

Es kommt zur Welt, ist klein und dumm
Doch steht es auf, geht nicht lang krumm
Es lernt dazu, studiert und schafft
Damit es Geld zusammenrafft
Dann, über Nacht, ist es zu zweit
Sein erstes Kind ist auch nicht weit

Es kommt zur Welt, ist klein und dumm ...
... merkst Du schon was? Es geht rund rum
in Deinem Lebenskarussell
mal sanft und sacht, mal rasend schnell
mal ist es heiß, mal ist es kalt
erst bist Du jung, dann bist Du alt

lass es nicht so vorüberziehn
mach Deine Augen auf, schau hin
es ist Dein Leben, Du allein
kannst sein Gestalter doch nur sein
Versuche stets, den Sinn zu sehn
Und nicht an ihm vorbei zu gehn

Wenn Dich das Leben erst mal liebt
Dir Kraft und Mut und Hoffnung gibt
Hast Du erreicht, was Du erstrebt
Und Du hast nicht umsonst gelebt

Schicksal

Stets macht man Pläne, konstruiert
Baut an der Zukunft und probiert
Obwohl man ständig schiebt und lenkt
Kommt es doch anders, als man denkt

Als Kind mag man die Schule nicht
Versteht nicht, was der Lehrer spricht
Man glaubt, dass man sich nicht verbrennt
Doch kommt es anders, als man denkt

Der junge Mensch ist mächtig klug
Der Alten Rat hat er genug
Die Lebensschritte er ja kennt
Doch es kommt anders, als er denkt

Bei Deinen Kindern gehst Du Tor
Extrem behutsam sicher vor
Dein Wissen gerne Du verschenkst
Doch kommt es anders, als Du denkst

Siehst Du die Jugend, wenn Du alt
Sag´ nichts, mein Freund, denn schon sehr bald
Wird Dein Erfahrungsschatz versenkt
Und es kommt anders, als man denkt

Teufelskreis

Du stehst auf dieser Welt allein
       Dein Blick ist stumpf und stier
             Verzweifelt ist Dein Geist
            Die Seele schon verwaist
     Kein liebes Herz bei Dir
Wie lang noch wird es wohl so sein?

Vermisst Du die Geborgenheit,
die Stille und die Ruh´?
Du jagst Dein Glück durch Raum und Zeit!
Die laute Welt schaut zu.

Leer und erschöpft und resigniert
      Sitzt Du bei Dir daheim.
           Dein Herz ist schwer und kalt.
           Ganz langsam wirst Du alt.
   Wer sich verschließt und bleibt allein
Gewinnt nicht, der verliert!

Die Kirche

Die Kirche auf dem Platze dort
Ist lieb mir und vertraut
Sie steht in meinem Heimatort
Auf Glauben sie gebaut

Jahrhunderte steht sie schon da
Hat vieles schon gesehn
Viel Leid und Not, auch Feuer, ja
Und dennoch blieb sie stehn

Die Glocken in dem Kirchturm sind
Voll wundersamem Klang
Ich hörte sie ja schon als Kind
Und liebe den Gesang

Es riecht so fromm nach Weihrauch
Und es hallt ein jedes Wort
Ich spür die Heiligkeit, auch
Wenn ich bin von ihr weit fort

Sie hält mich stets gefangen
Doch nichts Böses, was sie spricht
Erlösung soll erlangen
Ich, Mut und Zuversicht

So steht sie da voll heilger Kraft
So alt schon, doch stets neu
Sie glaubt an sich, und was sie schafft
Und bleibt sich selber treu

Wenn ich nur stets kann sein wie sie
So ehrlich, stark und fromm
So werde ich verzweifeln nie
Ich weiß, zu wem ich komm

Er

Wie er heißt, ist nicht wichtig
Wo er wohnt, ist nicht wichtig

Er heißt nicht – er wohnt nicht

Er ist!

Du musst ihn nicht rufen – er ist (... schon da)
Du musst ihn nicht suchen – er ist (... schon da)

Er ist!

(... in Dir ...)

fühle -/- vertraue -/- handle

RICHTIG
(... das ist ...)
WICHTIG

Die Kerze

Graugelb in der zarten Spitze
Kräftig gelb im Mittelteil
Bläulich in der größten Hitze
Brennt sie ab für Gnad und Heil

Alle Farben, alle Formen
Jeder Tisch ihr heilger Platz
Ist sie frei von allen Normen
Trägt der Menschheit größten Schatz

Licht und Wärme, welch ein Segen
Bringt sie überall ins Haus
Lässt Dein frommes Herz sich regen
Alles Böse brennt sie aus

Ehr sie stets, trag sie im Herzen
Lass sie immer leuchten Dir
Sie vertreibt Dir alle Schmerzen
Und erhellt Dein Jetzt und Hier

Wahres Glück

Wer bin ich, dass ich leben darf in dieser Deiner Welt
Die Wolken schaun, der Vögel lauschen, wie es mir gefällt

Welch Gnad wird mir zuteil, was tat ich, dass ich so geehrt
Mein kleines Dasein endlos reich an Deiner Küche Herd

Des Dankes übervoll verbring ich wundersame Zeit
Tagtäglich neue Schönheit hältst Du, Herr, für mich bereit

Nur schauen will ich, denn all das verstehen kann ich nicht
Ehrfürchtig lausch´ ich, wenn Dein Mund durch Taten spricht

Ich folge Dir, oh Herr, durch Deine Welt so wunderbar
Bin blind und taub, vertrau auf Dich, und nehm doch alles
wahr

Mein geistig Aug erkennt all Deine Güte, Dein Vertraun
In mich, in Deinen Knecht, mein Leben will ich auf Dich baun

Mein Schicksal gebe ich beruhigt fest in Deine Hand
Voll ehrfürchtiger Dankbarkeit, mein Gott, dass ich Dich fand

Nie hätte ich gedacht, dass es für mich so etwas gibt
Ich hab´ jemand gefunden, der mich kennt und trotzdem liebt

Mein bester Freund

Ein Glücksgefühl in meiner Brust
Das macht sich überbreit
Es weckt in mir viel Freud und Lust
Verdruss und Gram sind weit

Mein Tag erstrahlt mir gleißend grell
Der Himmel leuchtend blau
Ich höre Stimmen, glockenhell
Ein Mensch, dem ich vertrau

Was bin ich eine Glücksgeburt
Viel Licht wird mir zuteil
Ich hab Fortuna festgezurrt
Sie ist mir stets wohlfeil

Mein Denken ist nicht eingezäunt
Nie Freiheit ich vermisst
Ich habe einen guten Freund
Der mir gewogen ist

Stets sage ich, wie ich's gesehn
Eck ich auch manchmal an
Ich habe einen Freund, auf den
Ich mich verlassen kann

Er steht zu mir, das tut mir gut
Ich halt nicht hinterm Berg
Weil er mir täglich macht neu Mut
Bin ich kein Meinungszwerg

Der gute Freund, der macht mich froh
Bin immer obenauf
Das ist an allen Tagen so
Nicht runter geht's, nur rauf

Wen hab ich mir denn nun erwählt?
Die Frage stellst Du Dir?
Der beste Freund auf dieser Welt
Der bin ich selber mir

Für meine Tochter

Eigensinnig, trotzig, stur
Widerspenstig, Dickkopf pur

Kompromisslos und verwöhnt
Schnell beleidigt, schnell versöhnt

Zärtlich, lieb, gefühlsbetont
Widersprüche nicht gewohnt

Ehrlich, offen, sehr direkt
Stets gefährlich, nie verschreckt

Anschmiegsam und hübsch und nett
Kokett und frech, schlau und adrett

Den Schalk im Blick, Humor wie ich
Mein Mädel, ich bin stolz auf Dich

Das Entstehen ist der Beginn des Vergehens

Etappe 2:

<u>Realistisch-Bissig</u>

Das Leben und das Sterben

Die Luft wird knapp, das Haar fällt aus
Wenn's kalt ist will man nicht mehr raus
Der Arzt zählt zum Bekanntenkreis
Man sieht ihn öfter, so ein Sch... (lamassel)

Zum Lesen wird der Arm zu kurz
Nicht halten mehr kann man den ... Wind
Ich glaube, Du wirst alt – mein Kind
... schon bald ...

Geweiht dem eigenen Verderben
Seit der Geburt verdammt zum Sterben
Es freuen höchstens sich die Erben

Doch nicht sehr lang, denn allzu bald
Da werden sie ja auch schon alt
Und sie verschwinden, treten ab
Und gehen mittellos in's Grab

Ein ewger Kampf ist dieses Leben
Ein ewig Ackern – ewig Streben
Nach Macht und Geld – bloß keine Not
Um letztlich nichts zu sein als tot!

Der Gevatter

Fürchte Dich nicht
Seit ewigen Zeiten
Da hat er Gewicht
in all unsren Weiten

Im Norden – im Süden
Hat man ihn gesehn
Im Westen – im Osten
Kannst Du zu ihm gehn

Er lässt Dich gern rein
Er freut sich auf Dich
Er sagt keinem nein
Holt jeden zu sich

Er öffnet die Tür
Und bittet Dich her
Doch bist Du erst drin
Dann gehst Du nicht mehr

Er lässt keinen gehn
So ist er halt eben
Man muss ihn verstehn
Der Tod will auch leben

Wolke 7

Die Liebe macht Dein Herz so weit
Glückselig wie ein Kind
Doch leider macht von Zeit zu Zeit
Die Liebe Dich auch blind

Dein Geist ist frei und ganz entzückt
So herrlich ist die Brunft
Du bist der Welt so weit entrückt
Auch leider der Vernunft

Du fühlst Dich wie der Größte, ja
Dein Blick ist kühn und stolz
Doch trägst Du vor der Stirn, ganz nah
Ein großes, dickes Holz

Die Liebe ist so wunderbar
Sie lässt Dich schweben sanft
Sie macht Dich heiß, sodass sogar
Noch Dein Gehirn verdampft

Und liegst Du hechelnd ihr im Arm
Und bist an Deinem Ziel
Dann lacht ins Fäustchen sich Dein Schwarm
Nun hat er leichtes Spiel

Wie ein dressierter Hund machst Du
Jetzt Männchen auf den Pfiff
Das Glück der Liebe ist im Nu
Nur noch ein sinkend Schiff

Die Menschen sehn befremdet Dich
Und Dein Benehmen an
Sie staunen und sie wundern sich
Und denken, „Armer Mann!

Wie klug er war, voll Witz und Spaß
Wie wunderbar und groß
Jetzt ist er nur noch Mittelmaß
Und sitzt im Käfig bloß."

Drum merke, lässt die Liebe Du
In Deinen Geist hinein
Dann wird es mit Vernunft und Ruh
Sehr bald zu Ende sein

Gib Acht, dass sie beherrscht nicht Dich
Wenn's so ist, besser flieh
Behalte stets die Übersicht
Nur so beherrscht Du sie

Ewige Jugend

Überall musst Du dabei sein – heute hier und morgen dort
Kein Schwächeln, immer fit
Und heischend nach vermeintlich´ Tugend ewger Jugend
Falten sprechen andres Wort

Altersangstzerfressen – persönlichkeitsvergessen
Wird gefärbt, geliftet, ausgehungert und gebräunt
Aus Sorg´, die ewge Jugend wird versäumt

Die Illustrierten und Gazetten
Einer höchst modernen Zeit
Zeigen Dir tausend Facetten
Jugendlicher Normung heut

Jugendstandards stets entsprechen
Ist Dein Streben Tag und Nacht
Trotz der forschenden Versprechen
Wird dies Wunder nie vollbracht

Du startest noch einen Versuch
Mit Quark und Gurken im Gesicht
Dein Jugendwahn wird Dir zum Fluch
Die Armseligkeit siehst Du nicht

Für Anti-Aging-Cremes und mehr
Gibst Dein ganzes Geld Du her
Doch fingerzeigend lacht man laut
Ob Deiner junggetrimmten Haut

Auch Studios verdienen noch
An Deinen Jugendträumen, doch
Obwohl Du quälst Dich fürchterlich
Machst Du Dich doch nur lächerlich

In buntem Dress, ganz eng – modern
Hast Du Dein Rennrad eingeparkt
Du lächelst fit und zeigst Dich gern
Und bist doch kurz vorm Herzinfarkt

Sieh ein, kein Mensch bleibt, wie er ist
Bleib treu dem, was Du selber bist
Pass auf, dass Du Dich nicht verirrst
Damit Du ernst genommen wirst

Das Arbeitsleben

Was heißt, ihr wollt zufrieden sein?
Zur Arbeit seid ihr da!
Zum Glücklichsein seid ihr zu klein
Macht euch das endlich klar

Egal, ob Du Familie hast
Oder Du stehst allein
Welchen Entschluss Du auch gefasst
Du wirst der Dumme sein

Die Reichen und die Bosse haben
Jetzt das Sagen hier
Euch steht's nicht an zu hinterfragen
Fleiß ist eure Zier

Wir rationalisieren und
Verschlanken unser Werk
Passt es euch nicht, wird's uns zu bunt
Ihr kriegt einen Vermerk

Schon hundert stehen vor dem Tor
Mit hungerlautem Bauch
Der Arbeitsmarkt bringt sie hervor
Bald steht davor ihr auch

Die, die jetzt gehn, die bleiben weg
Ersetzt wird keiner mehr
Und wenn ihr all erstickt im Dreck
Uns kümmert das nicht sehr

Gewinne machen wie verrückt
Durch euer Rücken Kraft
Die Firmenleitung ist entzückt
Ihr seid kaputt, geschafft

Die Bosse kriegen stets mehr Geld
Kein Chef, der je verliert
Euch wird der Euro abgezählt
Am Ende noch halbiert

Der Fette muss noch fetter sein
Der dünne Mann verreckt
Das Glück lässt niemals den allein
Bei dem die Kohle steckt

Drum merke, wenn Du Dreck auch frisst
Sei still, verbirg den Hass
Und wenn Du 67 bist
Tritt ab, und beiß ins Gras

Das Ofenfeuer

Es wärmt.

Hell lodert es mit seinen ewig hungrigen, blaugelbvernichten-
den Zungenblitzen hinter rußgeschwärztem, voyeuristischem
Glas und frisst Holz, und Holz, und Holz ...

Es beruhigt.

Die Flamme abhängig von der Wetterlage. Wie die Menschen.

Auch der Ofen hat ein Ventil:

Offen – Leben.
Geschlossen – Ersticken. Wie die Menschen.

Das Feuer, sagt man, sei auch gefährlich! Wie die Menschen.

Doch – das Feuer ist gefangen – die Türen sind zu.

Es wärmt – es beruhigt.

Die Menschen sind frei ...

Die Pfeiler der Gesellschaft

Sie sprechen, reden, debattieren,
sie munkeln, meinen, konstruieren.

Sie wissen gleich, was vor sich geht
weil schließlich alles man versteht.

Man ist erfahren, kennt sich aus,
hat viel gesehn, jahrein, jahraus.

Man hat Routine, ist doch klar,
und immer Recht, schon viele Jahr.

Man gibt die Richtung immer vor,
wer nicht drauf hört, der ist ein Tor.

Ausdiskutiert sein muss sofort
ein jedes widersprüchlich' Wort.

Und rührt sich doch mal Widerstand,
dann ist er dumm und ignorant.

Unüberlegt und kleinkariert,
denkt nicht daran, was wohl passiert

wenn man mal nicht mehr auf sie hört.
Dann ist die ganze Welt gestört.

Doch so weit kommt es sicher nicht!
Sie sind ja da, sind unser Licht!

Erhellen unsern dunklen Geist,
'drum unser Wahlspruch immer heißt:

bringt Achtung und Respekt, fürwahr,
der hochstudierten Lehrerschar!

Gemeinschaft

Eine Bierkneipe in meinem Dorf.

Der Fernseher schreit!

Herbe, zerfurchte Gesichter sitzen auf meist massigen Körpern in verblichenen Flanellhemden und abgewetzten Cordhosen.

Die Finger dick und steif --//-- die Nägel abgebrochen --//-- die Haut aufgerissen --//-- die Poren schwarz.

Die Köpfe meist unter braunen Schildmützen --//-- die Augen dunkel und müde --//-- die wenigen Haare grau --//-- die Bewegungen langsam und ausgelaugt.

Sie trinken Tee aus kleinen Gläsern --//-- Sie reden in einer fremden Sprache.

Die Stimmung gedrückt trotz lauter Stimmen --//-- kleine Gruppen diskutieren.

Ich --//-- in ihrer Mitte --//-- verstehe kein Wort!/--/

Sie sind mir vertraut --//-- ich bin Ihnen vertraut!/--/

Ich bin kein Fremder --//-- sie sind keine Fremden!/--/

Sie vertrauen mir --//-- ich vertraue ihnen!/--/

Wir verstehen uns nicht, doch wir verstehen uns!

Wir gehören dazu --//-- wir sind Teil des Ganzen!

Die Kunstausstellung

Sie kommen rein und sehn sich um
Sie laufen durch und stehen rum
Sie schaun sich kaum was richtig an
Nur ab und zu, nur dann und wann
So richtig Zeit haben sie nicht
Man sieht's am hektischen Gesicht
Nach kurzer Zeit rennen sie raus
Egal – um achtzehn Uhr ist's aus!

Vernissage

Wieder ein Termin

Keine Lust

Doch gegangen

Kunst – die ich nicht verstehe

Menschen – die ich nicht kenne

Gespräche – die ich nicht liebe

Rotwein – der mir nicht schmeckt

Luft – die ich nicht vertrage

Endlose Reden ---/--- zu langer Applaus ---/--- stundenlang
lächeln ---/--- immer freundlich

Gegangen

Wieder daheim

Todmüde im Bett

Schön war's

Der gute Vorsatz

Man küsst sich und man drückt sich sehr
Viel Glück wird dargebracht
Man wünscht Gesundheit und noch mehr
In der Silvesternacht

Man knallt und schießt und trinkt recht viel
Ist froh und gut gelaunt
Die Frist für Vorsatz, hehres Ziel
Wird wieder anberaumt

Man nimmt sich dies und jenes vor
Doch jeder ahnt es leicht
Der Vorsatz ist ein Eigentor
Nie wird das Ziel erreicht

Am nächsten Morgen wachst Du auf
Dein Kopf doppelt so dick
Ein Vorsatz für des Lebens Lauf
Nicht ändert Dein Geschick

Drum häng Dein Schicksal nicht erst an
Den Nagel einer Nacht
Nicht, was man wünscht, geschieht, denk dran
Geschehn wird, was man macht

Idylle

Vor der Almhütte eine Bank neben weiträumig verästelten Labyrinthen großflächig verwachsener, grüner Hecken.

Das Gras kurz und hart und widerstandsfähig, durchsetzt von romantisch anmutenden, bunten Inseln kurzstieliger Alpenblumen.

Die Wiese vor Dir sanft wellig, weiter vorne mit dumpf-interesselosem Blick ein paar wuchtig-träge, wiederkäuende Einheimische.

Auf dem grob gezimmerten, von Astlöchern durchsetzten, rechteckigen Holztisch vor Dir ein altes, dunkel-speckiges Brett. Darauf selbstgebackenes Holzofenbrot und duftender, sonnengelber Bergkäse. Daneben ein vom vielen Spülen trübe gewordener, bauchiger Glaskrug mit großem Henkel, gefüllt mit dunklem, fast schwarzem Rotwein. Mit seinem kräftigen Aroma erinnert er an feuchte, schwere Erde, Wurzeln und uralte Traditionen.

Der Himmel über Dir blau – vereinzelt kleine, unschuldsweiße Wolken – zu klein, um spürbare Schatten zu werfen.

Kleine, bunte Schmetterlinge fesseln mit ihrem flinken, lebhaften Spiel zwischen den vollen, fruchtigen Blüten Deinen verträumten Blick.

Deine Frau noch in der Hütte – an der Kasse – in der Schlange zwischen den anderen Touristen.

Du hältst mühsam ihren Platz an Deiner Seite frei. Die Terrasse überfüllt mit Lärm, Hektik, Ungeduld – andere warten schon auf Deine Bank.

Die Seilbahn hinter Dir ächzt und quietscht überlastet.

Wie schön muss es hier einmal gewesen sein ...

Der Bäcker

Der Bäcker an der Ecke.

Offene Türe – ich davor - geschlossene Augen – warme, kornerfüllte Schwaden der heißen, betriebsamen Backstube aufsaugen – sich satt riechen.

Erinnerungen an die alte Mühle – damals ...

Selbstgemachtes Brot zum Backen fahren – das krummgewölbte Blech auf dem Gepäckträger des alten, schwarzen Damenrades ohne Gangschaltung - über den holprigen Wiesenweg schieben – aufpassen, dass nichts runterfällt.

Der Müller – (auch Bäcker) – mehlweiß eingestaubt und dennoch appetitlich sauber – nimmt das Blech.

Zwei Brötchen gekauft – zehn Pfennig – noch warm gegessen – gleich – einfach so.

Es riecht herrlich nach frisch Gebackenem ...

Zwei Stunden später – wieder vor der Mühle – fertiges Brot abgeholt – die Luft immer noch verzaubert von dem ofenwarmen Duft der herrlichen Backwaren.

Augen aufgemacht – immer noch vor dem Bäcker an der Ecke - Gegenwart und Vergangenheit verschmelzen in den vertrauten, kindheitsnahen, Geborgenheit vermittelnden Gerüchen.

Wovon träumen? Später?

Der Spatenstich für den Supermarkt ist schon erfolgt. Das ganze Dorf hat mitgefeiert ...

Im Restaurant

Im großen Ganzen geh ich gerne
Ab und zu mal vornehm aus
Bei Kerzenschein und Gaslaterne
Lebt sich's gut in Saus und Braus

Ein gutes Essen ist für mich
Nicht einfach zu vergessen
Fast wie Musik, nur höre ich
Es nicht, ich seh das Essen

Ein jeder Gang voll Harmonie
Er ist ein Teil vom Ganzen
Wie Strophen einer Melodie
Und – er füllt meinen Ranzen

Ein jeder Teller Malerei
Ein Kunstwerk aus der Küche
Nur hinterher die Zahlerei
Belastet meine Psyche

Der Kellner, schwarz, mit weißem Hemd
Hofiert mich immer sehr
Es tut ja gut, dass er mich kennt
Wenn's Trinkgeld nur nicht wär ...

Sag nie beim Wein, das darf nicht sein
„Ach, machen Sie doch voll!"
Probieren musst Du erst den Wein
So will's das Protokoll

Der Rote hier ist exzellent
Doch - ich bin nicht allein
Ein wenig bin ich hier verklemmt
Schütt keine Cola rein

Auch ist mir bei den Leuten hier
Ein ganz klein wenig bang
Drum hol ich keinen Ketchup mir
Egal, zu welchem Gang

Als Feinschmecker, das kann man sehn
Weiß man, was sich gehört
Drum lass ich auch das Maggi stehn
Sonst ist der Koch verstört

Drum fang mit dem Besteck ich auch
Niemals von innen an
Das weiß man doch, so will's der Brauch
Erst ist das Äußre dran

Und kommt die Rechnung irgendwann
Wird sie fein zugedeckt
Damit sie der sich nehmen kann
Der nicht so schnell erschreckt

Im großen Ganzen geh ich gerne
Ab und zu mal vornehm aus
Doch – seh ich es so aus der Ferne
Dann bleib ich lieber noch zu Haus

Der Versager

Die Firma kennt Dich zwanzig Jahre
Kaum hast Du mal krank gemacht
Inzwischen hast Du graue Haare
Und hast es zu nichts gebracht

Und doch willst Du auch etwas gelten
Auf der Welt, nicht stehn allein
Drum, muss Deine Frau auch schelten
Gehst Du gern in den Verein

Hier bist Du nicht nur ne Nummer
Unscheinbar und winzig klein
Hier bist Du ein dicker Brummer
Und so soll es schließlich sein

Du schwingst Reden, gibst das Beste
Sagst, was Du so alles drauf
Ob beim Stammtisch oder Feste
Wenn Du kommst, schreckt alles auf

Und zum Zeichen Deiner Freiheit
Trinkst Du Schnaps und Wein und Bier
Und wenn Deine Frau Dich anruft
Bleibst Du grad noch länger hier

Wenn Promille Du im Blut hast
Fühlst Du stark Dich wie ein Stier
Gehst benebelt Du zur Arbeit
Macht sich keiner was aus Dir

Drum ist Dein Verein auch klasse
Jeder schätzt Dein Potential
Du bist zwar nur Durchschnittsmasse
Doch das ist hier ganz egal

Du lässt Dich auch gerne wählen
Zu dem Oberkassenwart
Doch – weil Dich die Zahlen quälen
Wird Dein Leben plötzlich hart

Bald merkt jeder im Vereine
Was Du bist für eine Null
Und nicht lange, ziehst Du Leine
Gibst ihn frei, den Kassenstuhl

Guter Rat ist wieder teuer
Du fällst tief ins Niemandsloch
Denn mal wieder nur die Steuer
Kennt Dich mit dem Namen noch

Woher nimmst Du jetzt die Freiheit
Deinen Stolz, Dein Ehrgefühl
Lang vorbei ist die Vereinszeit
Und es bleibt Dir nicht mehr viel

Gott sei Dank gibt's noch die Straßen
Weil Dein Ego ist verletzt
Wirst Du fortan protzig rasen
Den Idioten zeigst Du's jetzt

Zeigefinger an der Stirne
Mittelfinger in der Luft
Vakuum in Deiner Birne
Dein bisschen Geist schon längst verpufft

Dabei bist Du der Allerbeste!
Warum nur alles vor Dir flieht?
So klug, der Star auf jedem Feste!
Zu blöd nur, dass es keiner sieht!

Kollektivität

In langen, weit ausholenden Schwüngen, schmalspurbetont, den Oberkörper nicht zu weit gebeugt, die Knie federnd, auf Eleganz bedacht, gleitest Du – fast schwerelos anmutend – Richtung Tal.

Die nächste Biegung nimmst du in locker-leichter, kaum spürbar gewichtsverlagernder Bewegung, und da liegt sie vor Dir – die altvertraute, behagliche Holzhütte mit dem gemütlich vor sich hinqualmenden Schornstein.

Ein letzter Schwung, etwas energischer, nach links, der Schnee wirbelt unter Deinen Skiern und gibt ein harsches, unwilliges Kratzen von sich, als Du die Kanten Richtung Erde presst und zum Stehen kommst.

Ein leichter Druck auf die Enden Deiner Bindung, ein kaum merkliches Anheben Deiner durchtrainierten Beine, und Du nimmst Deine Bretter auf und rammst sie tief in die Schneeverwehung neben der Hütte.

Handschuhe und Mütze ziehst Du aus, die Skibrille schiebst Du unter Dein Kinn.

Die oberen drei Schnallen Deiner Skistiefel geöffnet betrittst Du die Hütte.

Cool, selbstsicher und lässig bewegst Du Dich leicht wippend und mit einem angedeuteten, sexy Hüftschwung durch die Massen.

Die Männer alle im neuesten Outfit und in den aktuell angesagten Trendfarben. Die Haare in Feinabstimmung mit dem Pullover. Alle im modischen Dreitagesbart.

Die aufgehellten Zahnreihen im Comic-Helden-Dauergrinsen gut sichtbar, die ach so sportlichen Beine weit von sich gestreckt, mit dem unverkennbaren „Was-kostet-die-Welt-Blick" im pharmazeutisch-braunen, dümmlich-arroganten Durchschnittsgesicht.

Ob Buchhalter, Lagerarbeiter, Fahrer oder Bürogehilfe – hier oben ist jeder ein Fabrikant!

Im Prinzip alles Typen wie Du!

Aber – was soll's! Die Frauen hier sind ja schließlich auch alle Models mit striktem Lachverbot und sehen aus wie Schaufensterpuppen des selben Herstellers.

Erziehung

Im Supermarkt stell ich mich an
Und seh, wie's vorn sich staut
Ich spür auch gleich, wie mir ein Wagen
In die Fersen haut

Ich dreh mich um und seh nem kleinen
Bengel ins Gesicht
Der schiebt den Wagen in mich rein
Ich glaub, den stört das nicht

Ich bitt die Mutti höflich was zu tun
Weil mich das schmerzt
Die Mutti schaut entrüstet drein
Und sagt mir ganz beherzt:

„Mein Kind entwickelt sich
ganz frei und zwanglos, bitte sehr.
Man nennt diese Erziehungsform
Antiautoritär.

Verboten wird ihm nichts,
er lebt nur aus dem Bauch heraus.
Das ist das Beste für ein Kind,
ich kenn mich nämlich aus."

Na gut, denk ich, dann sag ich's ihm
Halt selber, er hört zu
Ich sag ihm, was ich denke
Und ich hoff, er gibt jetzt Ruh

Doch leider stößt der Wagen
Wieder hart an meinen Fuß
Ich dreh mich um und denke
Lieber Freund, und jetzt ist Schluss

Ich schütt aus einem Glas
Ihm Marmelade übers Haar
Die Mutti jappst und schaut recht blöd
Das find ich wunderbar

„Sehn Sie", sag ich, „ganz zwanglos
kam das grad aus meinem Bauch.
Antiautoritär
War meine Kindheit nämlich auch!"

Der Bücherschrank

Du stehst vor Deinem Bücherschrank
Und hast die Qual der Wahl
Du weißt nicht, was Du lesen sollst
Bei dieser großen Zahl

Wie wär's mit Rudyard Kipling
Oder Shakespeares König Lear
Du stehst davor und wieder mal
Fällt Dir die Wahl so schwer

Ein Norman Mailer wär nicht schlecht
Denkst Du, und greifst danach
Da fällt Dein Blick auf Günter Grass
Du denkst darüber nach

Doch ist Dir nicht nach Zwiebeln heut
Mehr Heine oder Lenz
Oder vielleicht das alte Rom
Mit seiner Dekadenz

Mit Grisham oder Follett Du
Trivialromane liest
Wenn's Dir gefällt, ist es egal
In welche Welt Du fliehst

Liebst Du's tiefgründig, kompliziert
Lies Kafka oder Arno Schmidt
Doch sei dabei stets konzentriert
Sonst kommst Du sehr schnell nicht mehr mit

Hast Du so einen Bücherschrank
Mit reichem Sortiment
Sei stets erfreut und voller Dank
Und nimm ihn als Geschenk

Lies weiter, gönn´ Dir den Moment
Heut dies und morgen das
Öffne den Geist, und lerne nur
Aus jedem Buch etwas

Du kennst des Ausdrucks Vielgestalt
Bist informiert und klug
In dieser faden, öden Zeit
Ist das mehr als genug

Die Sprache verkommt immer mehr
Du hörst es überall
In Kürzeln und in Phrasen
Redet heut die Überzahl

Tu was und kämpf dagegen an
Erhalte unsern Schatz
Halt immer frei in Deinem Kopf
Der Muttersprache Platz

Die Schönheit dieses Schatzes
Findest Du ja, Gott sei Dank,
In ihrer reinsten Form
in Deinem Bücherschrank

Der Verein

Man singt und lacht
Man schießt und kracht
Man wandert viel
Rennt bis ins Ziel

Man kegelt
Man segelt
Man angelt
Man hangelt

Malt
Zahlt

Vereine gibt's wie Sand am Meer
Beliebt sind sie nicht mehr so sehr
Die meisten Jungen bleiben weg
Sie sehen darin keinen Zweck

„In unsrer Freizeit sollen wir
malochen ehrenamtlich hier?
Wer macht denn heut noch was umsonst?
Du willst doch, dass Du zu was kommst!
Ein alter Spruch sagt, unser Geld
Regiert doch nach wie vor die Welt!"

Mit dieser Haltung unsrer Zeit
Kommt ein Verein heut nicht mehr weit!
Ist's nicht grad der Zusammenhalt
Von groß und klein, von jung und alt
Der unser Leben wertvoll macht
Jahrzehntelang uns Spaß gebracht?

Wenn alle an dem selben Strang
Gemeinsam ziehn, wird's keinem bang
Wenn jeder jeden gelten lässt
Freut man sich auch aufs nächste Fest

Man hält zusammen, jeder schafft
Das, was er kann, vereinte Kraft
Hat Berge immer schon versetzt.
Warum wird heut nur so gehetzt
Gegen das alte Ehrenamt (?)
Soziale Kompetenz verdammt (?)

So manchem jungen Menschen tut
Ein bisschen Engagement ganz gut
„Null Bock" ist heute schnell gesagt
doch habt ihr euch schon mal gefragt
wie es euch künftig allen geht
wenn diese Stimmung sich mal dreht
und der Verein, verständnismatt,
plötzlich auf euch „Null Bock" mehr hat?

Menschen im Park

Du sitzt auf Deiner Bank im Park
Die Menschen gehn vorbei
Du siehst sie an dabei
Erkennst ihr Lebensallerlei
Vom Kreißsaal bis zum Sarg

Die Frau mit dem gehetzten Blick
Schaut ständig auf die Uhr
Du denkst, was rennt sie nur
So schnell in ihrer engen Spur
So fängt sie sich kein Glück

Der junge Mann im weißen Hemd
Mit Anzug und mit Schlips
Stocksteif, grad wie in Gips
Im Ohr blinken zwei Silberclips
Wirkt unreif und verklemmt

Ein Herr, so Mitte vierzig, kommt
Der Kopf poliertes Holz
Das Grinsen voller Stolz
Die Brust wölbt sich immens, was soll's
Sein Geist luftdicht verplombt

Die Frau fährt mit dem Rad vorbei
Ein Kopftuch auf dem Haupt
Bei ihr ist das erlaubt
Weil sie nun mal das Richtge glaubt
Sie denkt sich nichts dabei

Das Mädchen mit den Zöpfen da
Schaut jeden fremden Mann
Voll Angst und Panik an
Weil sie ja keinem trauen kann
Laut Warnung von Papa

Der Junge mit dem Zeugnis wagt
Vor Angst sich nicht nach Haus
Für ihn scheint alles aus
Dass Vater flog zur Schule raus
Hat man ihm nie gesagt

Der alte Mann dort mit dem Hut
Kommt von der Reha heim
Er wohnt jetzt ganz allein
Er hat zwei Krücken und ein Bein
Und trotzdem geht's ihm gut

So sitzt Du und siehst allen zu
Schaust Dir die Menschen an
Denkst Deinen Teil Dir dann
Lässt nichts und niemand an Dich ran
Bewahrst Dir Deine Ruh

Und wenn Du später heimgehst, bist
Du froh, so wie's Dir geht
Froh, wie es um Dich steht
Und bittest Gott im Nachtgebet
Dass er Dich nie vergisst

Der Liebessturm

Er tobt, knickt Dir den Rücken ein
Schlägt unbarmherzig zu
Dein Leben wird ein Streichholz sein
Er bläst Dich aus im Nu

Geb ich mich seiner Wildheit hin
Gefesselt von der Kraft
Werd ich, kaum, dass ich bei ihm bin
Von ihm hinweggerafft

Grad wie die Liebe wütet er
Die Stärke fasziniert
Du bist begeistert und willst mehr
Merkst nicht, was doch passiert

Bis Du das ganze Ausmaß siehst
Ist es schon längst zu spät
Wenn Du wieder bei Sinnen bist
Hat er Dich umgemäht

Deutsch?-/-?

Wenn der Empfänger kaputt ist und somit der Farbfernseher nicht mehr zu handhaben, trägt der Benutzer schnell die Gegenalterungssalbe auf, zieht den Ziehüber über, setzt sich den Gehmann auf die Ohren, und auf dem Weg zu seinem Kleinkind bewegt er sich verrückt und erstklassig kühl durch die Straßen, zieht schnell noch eine Schachtel französischer Hauptstädter und wirft einen Hansestädter ein. Beim Bäcker kauft er ein Sechserpaket und zwei US-Bürger als Nachtisch für das Kerzenlichtessen. Er freut sich auf die Verabredung und ist sehr glücklich.

Wie – Sie verstehen nicht ganz??? Ach so --//--...

Also noch mal:

Wenn der Receiver defekt ist und somit der Color-TV nicht mehr zu handeln, trägt der User schnell die Anti-Aging-Creme auf, zieht den Pullover über, setzt sich den Walkman auf die Ohren, und auf dem Weg zu seinem Baby groovt er crazy und supercool durch die Straßen, zieht schnell noch eine Packung Pariser und wirft einen Hamburger ein. Im Backshop kauft er einen Six-Pack und zwei Amerikaner als Dessert für das Candle-Light-Diner. Er freut sich auf das Date und ist mega-happy.

Besser so???

Die große Hoffnung

Memmen, Lügner und Verräter
Sind gesellschaftliche Täter
Denn sie morden kolossal
Sitte, Anstand und Moral

Keiner zählt beim andern mehr
Gesellschaftssinn ist lange her
Freundlich, höflich, hilfsbereit
Sind Worte aus vergangner Zeit

Erfolg hat, wer gemein – verlogen
Und wer die stärksten Ellenbogen
Wer Rücksicht nimmt wird isoliert
Und still und heimlich ausrangiert

Doch die so tun sind Volksverlierer
Nachahmer, nicht Ausprobierer

Sie haben weder Mut noch Kraft
Haben noch nie selbst was geschafft

Sie schwenken Fahnen in der Masse
Gehören zu der Herdenklasse
Und kommen sich mit ihren Phrasen
Unendlich schlau vor in den Straßen

Die Augen starr, der Speichel tropft
Vor Angst und Ehrfurcht ihnen klopft
Das Herz im Hals – und weich die Knie
Wenn spricht der Leithammel für sie

Diese Geschichte kennt man doch
Daran erinnert man sich noch

Dabei haben wir mal geschworen
Ganz kurz, nachdem der Krieg verloren
Dass Deutschland niemals wieder werde
Zum Völkermörder dieser Erde

Wir wollten treu und redlich sein
Bescheiden, arbeitsam und rein
Statt dessen sind wir arrogant
Narzisstisch, wieder ignorant
Faul und verdorben, aufgehetzt
Ein Volk, das wieder Messer wetzt

Doch gibt es noch ein paar, die glauben,
nicht wie die Blinden – wie die Tauben,
an Liebe und an Menschlichkeit
sie sind die Hoffnung, die mir bleibt!

Menschen

Spanier, Türken und Kroaten
Jeder wiegt für sich sehr schwer
Kleines Volk, Aristokraten
Und es werden immer mehr

Serben, Russen, Portugiesen
Griechen und Franzosen auch
Willst Du deren Glück erschießen
Tradition und alten Brauch

Italiener und auch Polen
Ungarn und Albaner noch
Willst Du wirklich alle holen
Werfen in das Völkerloch

Tschechen, Litauer, Slowaken
Österreich und auch die Schweiz
Glaubst Du, das sind Kakerlaken
Stumpf und dumm und ohne Reiz

Wie gefällt denn Deutschland Dir
Dessen Geist so eng und klein
Sollten wir nicht alle hier
Endlich etwas klüger sein

Liebst Du's, Pizzaduft zu riechen
Gehst Du gern zum Dönerstand
Isst Du gerne mal beim Griechen
Liegst Du gern an Spaniens Strand

Fliegst Du gern mal nach Tunesien
Fährst gern Ski in Österreich
Sonnst Dich gern in Polynesien
Bei Ballermann, da wirst Du weich

Lässt Dir gern chinesisch bringen
Italienisch sprichst Du gut
Liebst, wenn sie französisch singen
Trägst aus Panama den Hut

Freust Du Dich auch über diese
Freie Auswahl, die Dir lacht
Findest Du doch Deine fiese
Art und Weise angebracht

Denn Du sagst doch, Ruhm und Ehre
Deutschland nur gebührt allein
Bedenke stets des Wortes Schwere
Erdrückender kann es nicht sein

Jedes Land auf dieser Welt
Hält für Dich etwas bereit
Mach´ Dich klar, was wirklich zählt
Es wird, mein Freund, so langsam Zeit

Die Selbstmörder

Sie springen von der Brücke
Werfen sich vor den Zug
Sie hängen sich im Keller auf
Doch damit nicht genug

Sie schlucken viel Tabletten
Sprengen sich mal entzwei
Sie spielen auch am Gashahn rum
Es ist ganz einerlei

Statt dass man mal den andern sucht
Mal über alles spricht
Der Tod ist endgültig, mein Freund
Und – besser macht er's nicht

Oft meint der Mensch, es geht nicht mehr
Es hat doch keinen Zweck
Das Leben ist oft zentnerschwer
Da wirft man's lieber weg

Es lohnt doch alle Mühe nicht
Die Anstrengung zu groß
Komm, geben wir halt alles auf
Dann sind wir alles los

Doch überleg Dir, was kommt dann
Bist Du erst einmal fort
Dann stehst Du zitternd, angsterfüllt
An einem andern Ort

Du wirst gefragt, was hast Du Dir
Denn nur dabei gedacht
Du hast die Menschen um Dich rum
Um den Verstand gebracht

Wenn die sich alle töten
Denen Du gebracht viel Leid
Sag mir, mein Freund, wo ist die Menschheit
Dann in kurzer Zeit?

Wer neues Leben zeugt, spricht dessen Todesurteil

Etappe 3:

Tiefgründig-Nachdenklich

Weihnachten

Geschmückte Straßen
Überall brennen Freudenfeuer
Salut-Schüsse – die ganze Nacht hindurch
Die Menschen schreien laut vor Begeisterung
Es duftet nach Marodem und verbrannten Man(n)derln
Überall wein-nächtliches ROT -/- Christbäume über der Stadt

Die Rechnung

Du wandelst kälteklirrend durch diffuse Wirklichkeit
Nebelverhangen, milchglasscheibern wächst der Tag
Im Geiste unterirdisch – innerkopfs – bleibt stehn die Zeit
Was hinter diesen Schwaden, diesen Wolken, dieser watteweichen, weißen Luft wohl warten mag?

Du siehst gewes'ne Zeit vergrößert – lupengleich
Dein Ehemals erscheint Dir wie im Jetzt
Nichts ändern kannst Du mehr, ob arm Du oder reich
Dein Geist erkennt die Ohnmacht, und Dein Herz rast wie gehetzt

Was – Gnade Dir – hast Du nur alles falsch gemacht?
Wie vielen hast Du Deine Gunst verwehrt?
Siehst Du das Unrecht und das Leid, das Du gebracht?
Das Heute ist für Dich nur karg noch – abgezehrt

Die Gegenwart ist Deine Strafe, gesunder Geist ist Deine Pein
Du lebst noch, bist gesund im Körper, doch das – das macht Dich sterbenskrank
Du willst vergessen, nie ein rückenkrümmend', haupteneigend' Büßer sein
Doch erntest Du für Deine Taten Verachtung nur und Qualen, niemals Dank

Qualvolles Ende

Ein Schrei – oh, Körper, sag, was tat ich Dir,
dass Du so laut und ohne Gnad´ mich fürchten machst und
mich verletzt?
War ich nicht stets nur gut zu Dir?
Ich gab Dir, wonach Du verlangtest, hab Dich ernährt, warum
schickst Pein Du jetzt?

Oh bitte – bitte, nicht so laut! Ich gab doch ständig alles Dir!
Und jetzt – mit tausend Nadeln stichst Du in mein Fleisch!
Es ist vergänglich – ja, ich weiß
und mein Schweiß
aus Angst geboren - drängt aus allen Poren
klebt an mir ...

Oh, Körper – jede Droge hab ich Dir gebracht,
kaum sprachst Du Dein Verlangen aus!
Aus jedem tiefen Jammertal, an hellem Tag – in dunkler Nacht
führte Dich meine Liebe raus!

Ich habe mich gekümmert, mich gesorgt
um Dein Befinden, Mühsal war es oft!
Dass Deine Anerkennung nicht nur ist geborgt,
sondern für immer, hatte ich gehofft!

Ist das der Dank, gehst so von mir Du, ist's des Lebens Resü-
mee?
Verlässt Du mich mit kaltem Lachen, höhnisch Grinsen, letzter
Qual in letzter Stund?
Werd´ ich versinken tief in Ackers Scholle wie der schmutzig-
alte Schnee?
Werd´ ich vergessen sein, nur mehr ein Hauch der Ewigkeit,
und stürzen in den tiefen, kalten, feuchten Grund?

Ich möchte schreien, doch mein Wille ist mein Geist – mein
Körper bist doch Du!
Mein Mund gehört jetzt Dir – nicht siehst Du meine Nöte –
nicht achtest meine Gier!
Mein Schrei erstickt im Denken, die Lippen zucken, beben,
doch sie bleiben zu.
Du hast den Kampf begonnen, und hast ihn auch gewonnen, es
bleibt mir keine Gnade hier.

So tret´ ich ab mit Schmerzen, entsprungen dunklem Orte!
Ohne Dich leben – Körper – kann, und mit Dir will ich nicht!
Ich steh´ gebückt und krumm vor Seiner güldnen Pforte
und hoffe, bald zu sehn das reine, ewge Licht.

Die Ruhe der Nation

Wer klopft bei Regen an mein Herz
Wer wagt sich diesen üblen Scherz
Wer stört mir meine innre Ruh
Obwohl ich hab die Augen zu

Wer reißt mich aus dem tiefen Schlaf
Wer ist nur dieses schwarze Schaf
Los, zeig Dich, Du verkommner Fall
Ich schlag Dich rücklings in den Stall

Wer dreht mir meine Seele um
Das mag ich nicht, ist mir zu dumm
Wer weckt mich aus dem schönsten Traum
Ich komm gleich, um euch umzuhaun

Lasst uns in Frieden, Lügenpack
Sonst kommt ihr all in einen Sack
Dann haben wir keinen Vergleich
und schlagen euch mit Knüppeln weich

Ihr wollt die Wahrheit uns erzähln?
Und unser Leben uns vergälln?
Macht, dass ihr fortkommt, und zwar schnell
Hört ihr nicht unser Hundsgebell?

Ihr kommt beständig, uns zu störn
Wir wollen schlafen, nichts mehr hörn
Von den Problemen dieser Welt
Wir haben, was für uns nur zählt

Wir haben uns hier arrangiert
Ihr Nörgler habt euch engagiert
Drum trollt euch, lasst uns unsre Ruh
Sonst brennt ihr lichterloh im Nu

Der Staat braucht Freunde in der Not
Euch Feinden wünschen wir den Tod
Ihr seid einfach nur unbequem
Verschwindet, wir wolln euch nicht sehn

Ihr stört uns in der heilen Welt
Mit euerm Quatsch, den ihr erzählt
Von Staatsherrschaft und Diktatur
Woher holt ihr die Lügen nur

Wir leben in nem freien Land
Das ist doch überall bekannt
Hier kannst Du handeln ungefragt
Solang Du machst, was man Dir sagt

Gedanken werden nicht zensiert
solange sie nicht publiziert
Die Meinung völlig frei Du wählst
Solang Du nur die Klappe hältst

Die intellektuelle Schicht
Ist uns ein Dorn im Aug der sticht
Vernichten wir dies schwarze Schaf
Ihr Bürger bleibt schön still und brav

Wir brauchen Ruh in der Nation
Auf keinen Fall Revolution
So, Leute, trollt euch, geht jetzt heim
Und lasst uns schön zufrieden sein

Risiko

Die Pärchen stehen da.

Mondscheingoldenes Leuchten im liebesglücklichen Gesicht.

Tastende Zärtlichkeit in den alles umfassenden Fangarmen der Leidenschaft. Gierige Münder treffen sich offen und wild – tauschen Flüssigkeiten. Schnell schlängelnde Zungen erkunden fremdes Terrain.

Rumpf und Schenkel aneinandergepresst vermengen sich die gefühlswallungskompensierenden Herzschläge zu einem wilden Crescendo kriegstanzähnlicher Rhythmen.

Liebesakterlebende Fantasien lassen die lebensnotwendige Atmung nur herzstillstandsgefährdend stoßweise, minimalistisch arbeiten.

Feuchtglühende, hitzeflimmernde Gedanken beherrschen die Szenerie.

Ein ganz normaler Parkplatz.

Für viele die erste Erregung!
Für manche die große Liebe!
Für einige nur ein Abenteuer!

Wer wird glücklich?
Wer wird schwanger?
Wer wird sterben?

Zukunft?--?

Unheilverkündendes Donnergrollen hängt drohend und böse über der Stadt. Die Welt ist in unwirkliche Grautöne getaucht. Konturen verschwimmen ---//--- Formen verblassen.

Die Silhouette der Dächer verschmilzt mit den tiefen, dunklen, gedrungenen Gewitterwolken.

Laternen flackern ---//--- in einigen Fenstern brennt Licht. Die Straßen sind verlassen ---//--- keine streunenden Hunde und Katzen.

Bis auf das unheimliche, wütende, furchteinflößende Flüstern der am geschrumpften und in tiefes Schwarz getauchten Himmel hängenden Wolken ist es still.

Apathische Menschen sitzen an ihren Tischen und beten.

Tödliche Verzweiflung streckt ihre unzähligen, unbarmherzigen, eiskalten Tentakel aus und ergreift jeden, der nicht dagegen ankämpfen kann. Sie stößt ihren giftigen Stachel der Düsternis tief in die hilflosen, rasenden Herzen ihrer verzweifelten Opfer und beraubt sie jeglicher Zuversicht und Hoffnung.

Die Angst beginnt zu siegen.

Es ist ein schlimmer Tag für die kranke Seele der Menschheit. Sie liegt im Sterben.

Das fahle Grau am ach so weit entfernten Horizont ist fast nicht zu sehen. Noch ist es nur Wunsch ---//--- weit entferntes Ziel ---//--- kaum zu erreichen.

Das Ende scheint nahe ... ---//--- ... ---//

Der Unfall

Die überlangen, dunkelfeuchten Schatten dieser Nacht
Verfolgen Dich, wohin Du gehst
Verharren still, wo Du auch stehst
Doch Du hast sie Dein Leben lang nur trotzig durchgewacht

Du spürst sie wohl, sie greifen unbarmherzig kalt nach Deinem
Herz
Sie haben für Dich keinen Sinn
Du gibst Dich ihnen niemals hin
Du bist immun, hast keine Angst und fühlst auch keinen
Schmerz

Es regnet – Silberstreifennass begleitet Dich auf Deiner Tour
Du ignorierst die kalte Flut
Du frierst nicht – nein – es geht Dir gut
Du bist allein in dieser Nacht, suchst Deinen Frieden nur

Jahre vorher, in derselben drückendschweren Nacht
Wurde Dein Gefühl getötet
Blut hat den Asphalt gerötet
Du starbst mit dem Liebsten, das der Himmel Dir gebracht

Unheilbar krank

Der Tag schleicht sich ganz leis hinfort
Herauf zieht drohend dunkle Nacht
Geheimnisvoller, düstrer Ort
Mit Schattengeistern an der Macht

Du hörst die Stimme, heiser, tief,
in jeder Straße, jedem Haus
Die Dich als Kind schon immer rief
Du schwitzt, die Angst bricht wieder aus

Jetzt rennst Du, wieder auf der Flucht
Nichts gibt es, was zurück ihn hält
Du weißt, dass dieser Geist Dich sucht
An jedem Ort auf dieser Welt

Ganz außer Atem, Augen blind
Vor Furcht gelähmt, Du kannst nicht mehr
Du kämpfst mit ihm schon seit Du Kind
Zu lang jagt er Dich vor sich her

Du spürst die eisig kalte Hand
An Deinem Hals, Dein Herz bleibt stehn
Der Tod letztendlich zu Dir fand
Die Zeit ist um, jetzt musst Du gehn

Wozu?

Ich steh an meines Geistes Tor und finde nicht hinein
Den Schlüssel ich wohl just verlor, wie kann denn das nur
sein?

Ich las die Zeitung heute früh in einer stillen Stund
Nur Lügen, Krieg und Anarchie. Ich las mit offnem Mund.

Dann ging ich unsern Berg hinab, die Welt erschreckte mich.
Die Hektik, die mich gleich umgab war wahrlich fürchterlich.

Die Autos hupten, Bremsen schrien, die Ampeln grün und rot.
Die Straßen voll, die Menschen fliehn - hier lauert stets der
Tod.

Schaust Du den Menschen ins Gesicht siehst Du ein Jammertal
Sie hetzen, jagen, rasten nicht, und merken's nicht einmal.

Dann sind sie fertig, fallen um, sind alt und krank und
schwach.
Sie buckeln, bis sie lahm und krumm, doch dann – was kommt
danach?

Fragt man sie, was wohl kommen mag, dann zucken Schultern
bloß.
Sie hinterfragen keinen Tag, sie leben nur drauf los.

Erfolg und Reichtum ist der Code, der für die Menschen zählt
Doch was ist das für tiefe Not, wenn Dir die Liebe fehlt?

Ist das die Welt, die Gott erschuf? Hat er das so gewollt?
Hat er gewollt, dass ihr dem Ruf nach Geld nur Achtung zollt?

Ein jeder Mensch, der denken kann, der sieht, was hier passiert
Und kämpft mit Macht dagegen an, auch, wenn er oft verliert.

Öffne die Augen und Dein Herz, nimm jeden Menschen an.
Der Menschen Seele ist kein Scherz, mit dem man spielen
kann.

Bleib nicht allein in Deinem Geist, den Anschluss nicht verlier.
Es leben, wie Du sicher weißt, noch andre neben Dir!

Seine letzte Reise

Leise Ruderschläge spalten immer wieder aufs Neue den See.

Das alte, schmutzig-grüne Holzboot gleitet ruhig und langsam auf der glatten, stillen Oberfläche dahin, hie und da dümpelt es gedankenverloren und schläfrig an einer kleinen, aus dem See aufragenden Schilfinsel – einer grünen Oase inmitten der weiten, silber-blauen Wasserwüste.

Die Lackierung ist sonnengebleicht und rissig.

Von der Mitte des Sees aus sieht man keinen Ankerplatz, keinen Steg, keinen Einstieg ins Wasser. Ringsum nur alte, hohe, vom Sturm der Jahrzehnte geknechtete Bäume und verfilzte, wildwuchernde Sträucher beängstigenden Umfangs, stets bereit, einen unvorbereiteten Wanderer zu umschlingen und ihn für immer in ihrer grünen, undurchdringlichen Wand einzumauern.

Der Mann im Boot ist alt. Acht Jahrzehnte haben ihn geprägt und gezeichnet. Er hat sein Leben fast hinter sich. Er ist müde.

Früher war er stark und mutig und zuversichtlich. Die Zukunft stand ihm offen. Er glaubte, alles erreichen zu können, was er nur wollte.

Und so war es auch – ja, tatsächlich!

Fünfundsechzig Jahre seines Lebens schien die Sonne. Vor siebzehn Jahren hat die Nacht ihr Recht in seinem Leben eingeklagt, und es bis heute erfolgreich verteidigt.

Vor siebzehn Jahren war seine Frau mit diesem Boot auf dem See, als das Jahrhundertunwetter völlig unvermittelt und mit einer alles vernichtenden Urgewalt losbrach.

Das Boot wurde am nächsten Morgen ans Ufer getrieben – leer.

Seitdem lässt er das Gras wachsen, die Bäume dürfen sich frei und ungezwungen entfalten, und die Sträucher können sich ausbreiten und alles in ihren Besitz nehmen.

Die Tiere auf seinem Grundstück haben ihr Paradies bekommen – er hat seines verloren.

Vor zwei Jahren hat er sich ein kleines, batteriebetriebenes Radio für seine alte Blockhütte gekauft. Für heute haben sie das erstemal seit siebzehn Jahren wieder eine Orkanwarnung durchgegeben, und die Gewalt des Sturmes soll sogar noch vernichtender sein als damals.

Langsam und leise rudert er weiter und wartet ...

Die Nacht

Blutrot, wie eine große, offene Wunde, der Horizont.

Der Himmel, verletzt, im dunklen, mit glitzernden Silberfäden durchzogenen, leise vor sich hin wogenden Meer versinkend, schaut ein letztes Mal mit seinen brechenden Augen auf diese Welt.

Die Nacht schleicht sich verstohlen und heimlich in den Vordergrund. Sie verdrängt gnadenlos den sich nur verhalten wehrenden Tag, sich verlassend auf die helfende Hand der listigen, heimtückischen Dämmerung.

Die sterbende Sonne sinkt auf ihr Totenbett. Ein letztes flammendes Aufbäumen, ein letztes glutrotes Leuchten am Abgrund des Meeres lässt noch einmal ihre wahre Schönheit ahnen, dann ist es dunkel.

Du spürst das lautlose, triumphierende Lachen der Nacht tief in Deinem Innern. Dein Gehirn pocht nervös und schmerzhaft in Deinem fiebrig-heißen Kopf, Dein Magen zieht sich peristaltisch zusammen und verursacht Dir Übelkeit. Du fühlst die beklemmende Hilflosigkeit in Deiner nackten, kalten Blindheit.

Du bist unruhig, Deine Muskeln zum Zerreißen gespannt, und Dein Kopf hämmert monoton einen angsteinflößenden, böse Geister anlockenden Rhythmus in einem Stakkato des Untergangs und der Vernichtung.

Du schleichst Dich vorsichtig im Schatten dieser nachtschwarzen Bedrohung nach Hause und betest verzweifelt für einen neuen Morgen.

Wer ewig jung bleibt, entwickelt sich nie weiter

Etappe 4:

<u>Banal-Einfach</u>

Geselligkeit

Nicht lustig ist's, wo man nicht trinkt
Nicht lustig auch, wo man nicht singt
Drum lasst uns trinken, lasst uns singen
Lasst uns die Fröhlichkeit euch bringen
In jedes Dorf – in jedes Haus
Nur so hält man das Leben aus!

Kommunikation

Im Sessel --//-- gemütlich --//-- ein Buch ...

Ein schriller Ton – das Telefon --//-- Mein Nachbar – eine Frage

In der Küche --//-- lecker --//-- eine Zwiebel ...

Ein schriller Ton – das Telefon --//-- Mein Verleger – ein Termin

Im Keller --//-- anstrengend --//-- eine Säge ...

Ein schriller Ton – das Telefon --//-- Mein Freund – eine Einladung

Auf dem Klo --//-- befreiend --//-- eine Wohltat ...

Ein schriller Ton – das Telefon --//-- Meine Frau – bitte Blumen gießen

Im Bett --//-- erholsam --//-- ein Traum ...

Ein schriller Ton – das Telefon --//-- Meine Tochter – schläfst Du schon?

Alexander* soll der Teufel holen (wenn er ihn nicht sogar schon hat ...)

*Alexander Graham Bell, 1847 – 1922, Erfinder des Telefons (1876)

Der Umzug

Es siebent morgens in der Nacht
Dein Wecker weckert schrill
Daran bist Du grad aufgewacht
Und denkst: „Was der wohl will?"

Du schwelgst in Deinen Träumerein
Und grübelst dumpf herum
Schlagartig fällt's Dir wieder ein:
„Ich ziehe heut ja um!"

Jetzt aber schnell, rasch rausgehüpft
Aus Deinem warmen Bett
Es klingelt, Hose zugeknöpft
„Na, das wird richtig nett!"

Die Mannschaft steht vor Deiner Tür
Acht Männer und zwei Fraun
Sie drängeln sich vorbei an Dir
Du fühlst Dich wie im Traum

Die Wohnung wird gestürmt im Nu
Die Bücher eingesackt
Du willst ins Bad, die Tür ist zu
Auch da wird schon gepackt

Das Klopapier schwebt gehwegwärts
Auch diese Chance vorbei
„Dann klemm ich halt" sagst Du im Scherz
„zwei Stündchen oder drei."

Die Zeit, sie fliegt – die Kisten auch
Du hilfst recht kräftig mit
Es schmerzt Dein Kreuz, es knurrt Dein Bauch
Stets mehr mit jedem Schritt

Der Karton da auf Deinem Flur
Bringt Deinen Schweiß in Fluss
Du wunderst Dich, denn drauf steht nur
<Handtücher und Dessous>

Du nimmst den nächsten, da steht drauf
<Wein, Jahrgangssekt, Likör>
Der Boden war nicht zu, geht auf
Jetzt ist er nicht mehr schwer

Dein Bett, Dein Schrank, Dein Küchentisch
Wird fachmännisch zerlegt
Es splittert, kracht, es ächzt und bricht
Egal – das wird geklebt

So geht das nun den ganzen Tag
Bis in die späte Nacht
Wie viel Du hast, gar keine Frag
Hättest Du nie gedacht

Im neuen Haus in dem Gewirr
Dein Klopapier Du siehst
Der Drang macht lang schon Dich ganz irr
Leis Du von dannen ziehst

Ganz unbemerkt bei all dem Lärm
Schleichst Du Dich auf das Klo
Erleichterst endlich Dein Gedärm
Und bist gleich wieder froh

Man stellt Dein Zeug ganz ungestört
Im neuen Domizil
Dahin, wo es nicht hingehört
Ein jeder, wo er will

Du wirst verrückt, wenn Du das siehst
Doch bleibst Du besser still
Wenn Du den Groll jetzt auf Dich ziehst
Macht keiner mehr sehr viel

Ne Frau putzt mit viel Wasser schnell
Die Lampenfassung blank
Jetzt ist es zwar nicht mehr sehr hell
Doch sauber, Gott sei Dank

Ein Mann stellt eine Kiste auf
Ne andre mit Geklirr
Nanu – da stand doch <Mäntel> drauf
Es war wohl das Geschirr

So geht es öfter drunter
Manchmal drüber, aber meist
Geht gar nichts, doch mitunter
Klappt es doch noch, wie Du weißt

Und endlich stehn im neuen Heim
Die Bausätze herum
Die Packer lassen Dich allein
Und Du schaust ziemlich dumm

Du überlegst Dir, „fange ich
So spät noch an zu baun?"
Doch dann entscheidest Du für Dich
Dir's nicht mehr zuzutraun

Du bist todmüde und Du sehnst
Nach Schlaf Dich jetzt so sehr
Du brauchst Deine Matratze, gähnst
Und suchst sie kreuz und quer

Du findest die Matratze, klein,
im Umzugskistental
und endlich, endlich schläfst Du ein
und denkst, „Ihr könnt mich mal ..."

Limericks 1

Ein Limerick in jedem Falle
Ist Geisteskost beinah für alle
Willst Du mit viel Korn
Ihn vortragen vorn
Dann wird daraus meistens Gelalle

Ein Bauer verströmt seine Gase
Sein undichter Darm quält die Nase
Da polt er, nicht dumm
Das Problem einfach um
Jetzt hat er ne undichte Blase

Ein Skispringer auf seiner Schanze
Fand in seinem Schuh eine Wanze
Er sprang einfach los
Und schanzte famos
Und unten vergaß er das Ganze

Ein Jogger im Winter in Plauen
Hüpft frisch gestylt über die Auen
Das Joggen tut gut
Er joggt frohgemut
Im Schneematsch tut er sich versauen

Ein Dönerverkäufer aus Lauffen
Tat Gammelfleisch ständig verkaufen
Dann nahm er sein Geld
Weil ihn hier nichts hält
Und tat's in Antalya versaufen

Ne Ehefrau, wohnhaft auf Amrum
Lief stundenlang nur auf dem Damm rum
Da fiel sie ins Meer
Und kam nimmermehr
Jetzt läuft anstatt ihr dort ihr Mann rum

Ein Musiker auf den Lofoten
Spielt Kontrabass nur noch nach Noten
Er spielt gern bei Nacht
Weil man das so macht
Bei Fis-Moll brach er sich die Pfoten

Ein Verkehrspsychologe aus Peine
Der soff nicht so gerne alleine
Drum warn sie zu dritt
Er hatte somit
Probleme mit Alkohol keine

Ein Steuerbeamter aus Aalen
Der litt ganz entsetzliche Qualen
Jetzt raten Sie mal
Was war seine Qual
Er wollte die Steuer nicht zahlen

Ein Radfahrer parkte am Radweg
Da klaute ihm jemand sein Rad weg
Drauf ging mit Verdruss
Der Radler zu Fuß
Nach Haus in die Wohnung im Badweg

Die große Kaminfegergilde
Die nahm eine Frau auf, die Hilde
Die nahm jeden Mann
Ein jeder kam dran
So warn sie bald alle im Bilde

Ein Pärchen aus Sulzbach tat streiten
Denn sie wollte immer nur reiten
Stets war sie beim Pferd
Das hat ihn gestört
Drum schaute er bald nach ner Zweiten

Urlaub

Die Glocke schellt, die Hupe schreit
Schließt Schul und Büro zu
Der Urlaub ist nun nicht mehr weit
Man sehnt sich nach der Ruh

Man packt die Koffer übervoll
Man kann sie fast nicht tragen
Den Urlaub findet jeder toll
Da musst Du nicht lang fragen

Jetzt steigt man ein und fährt gleich los
Sechs Stunden wird's schon dauern
Die Großen finden es famos
Die Kleinen freudig lauern

Man fährt aus seiner Straße raus
Den Ort hindurch – juhu
Doch's Radio posaunt es aus
Die Autobahn ist zu

Das lange Band der Autobahn
Zieht sich in Richtung Süden
Ein jeder stellt sich hinten an
Manch einer wird ermüden

Bald geht es los, die Phonzahl steigt
Die Kinder quengeln sehr
Mama sagt, es ist nicht mehr weit
Die Kinder quengeln mehr

Papa, der hinterm Steuer sitzt
Vor Ärger wird schon blau
Er sieht, während er leise schwitzt,
kein Ende von dem Stau

Man schleicht dahin und tröstet sich
Im Auto ist es heiß
Bald hat man einen Sonnenstich
Vielleicht schon jetzt – wer weiß

Zwölf Stunden später ist man da
Durchweicht vom eignen Schweiß
Man trifft auch die vom letzten Jahr
Aus Wuppertal und Neuss

Die Freude bei Mama, Papa
Könnt´ jedoch größer sein
Doch beiden ist natürlich klar:
Man muss auch wieder heim!

Das Sommerfest

Die Musi spielt, der Bierhahn tropft
Der Seppl steht mucksmäuschenstill
Am Schießstand, und sein Herzerl klopft
Weil er an Zwölfer schießen will

Im Zelt, da spielt der Tuba-Franz
Sein Instrument schon heiß
Er spielt mit seiner Band zum Tanz
Schon eher laut, statt leis

Die Kinder werfen mit dem Ball
Nach Büchsen auf nem Brett
Da plötzlich tönt ein lauter Knall
Die Büchsen falln, wie nett

Am Tanzboden die Resi schmollt
Ihr Dirndl sie beengt
Denn mit dem Fritz sie tanzen wollt
Doch – der hat sie verdrängt

Die freiwillige Feuerwehr
Die fährt zur Übung raus
Sie spritzt über den Platz gar sehr
Der Grill geht auch schon aus

Am Bierstand ist die Gaudi groß
Der Karl ist nicht mehr frisch
Erst lässt den Bierhahn er nicht los
Dann liegt er unterm Tisch

Ein jeder klatscht und ruft: „Jawoll!"
Der Bürgermeister winkt
Das Sommerfest bei uns ist toll
Darauf man gerne trinkt

Was wär denn so ein Sommerfest
Ganz ohne Keilerei
Man prügelt sich, gibt sich den Rest
Ein jeder ist dabei

Dann wird's gemütlich, nur der Hans
Fährt ins Spital hinaus
Die Wirtin von der Goldnen Gans
Gibt eine Runde aus

Die Gäste trinken jetzt den Schnaps
Der Wirt ruft: „Einer noch!"
Noch niemals etwas Schönres gab's
Das Sommerfest leb hoch

Spät nachts da schwanken alle heim
Nicht einer hat versäumt
Beim Sommerfest dabei zu sein
Vom Tag heut jeder träumt

Und wenn sie wieder nüchtern sind
Gesund und fit, na klar
Dann freut sich heuer jedes Kind
Aufs Fest im nächsten Jahr

Limericks 2

Ein Küfergeselle aus Steinheim
Ging täglich mit zwei Litern Wein heim
Die schmeckten ihm sehr
Er trank immer mehr
Heut schluckt er sogar noch den Weinstein

Ein trinkfester Bursche aus Ilsfeld
Wird unleidig, wenn ihm ein Pils fehlt
Dann tobt er herum
Und schlägt alles krumm
So lang, bis ihn nicht mehr die Milz quält

Aus Poppenweiler ein Hase
Der hoppelte über die Straße
Da kam, ziemlich schwer
Ein Auto daher
Der Fahrer ging schnell noch vom Gase

Ein Dichter der oberen Bottwar
War luftdicht so lang bis er rot war
Dann wurde er blau
Dann wurde ihm flau
Er atmete nicht bis er tot war

In Gronau ein Metzger einst lebte
Bei dem das Gewissen sich regte
Er kam mit dem Schwein
Auch gleich überein
Und künftig nach Rind nur noch strebte

Ein Handwerker mitten aus Beilstein
Bearbeitet Holz mit nem Schleifstein
Ein Nachbar sah zu
Und meinte, „Nanu,
sag, was soll denn das für ein Scheiß sein?"

In Prevorst ein wilder Geselle
Verkaufte gewilderte Felle
Im Ochsen im Mai
Saß die Polizei
Heut sitzt er allein in ner Zelle

In Oberstenfeld einst ein Lehrer
Bekam von so manchem Verehrer
Viel Wein und viel Brot
Er litt keine Not
Die Noten gab nach dem Verzehr er

Im Stall, in ein sauberes Böxle
Da linste verwundert ein Föxle
Es staunt und es schaut
Da steht ganz vertraut
Ein Lämmle gleich neben dem Öchsle

Ein Bäcker verfing im Geästel
Sich übele mit seinem Westel
Er zerrte und zog
Bis runter er flog
Jetzt liegt er lädiert in sei'm Nestel

Die Insel

In der Südsee eine Insel
Mitten drin im blauen Meer
Mit viel Palmen, Schmetterlingen
Ach, mein Herz, was willst Du mehr

Blauer Himmel ohne Wolken
Sonnenschein am weißen Strand
Warmes Wasser, leichte Wellen
Liegestuhl im weichen Sand

Keine Löwen, keine Spinnen,
nur die Äffchen, süß und klein
holen Nüsse von den Palmen
ach, da könnt ich glücklich sein

Eine Quelle tief im Innern
Keine Menschen außer mir
Auf der Insel ganz alleine
Na ja, höchstens noch mit Dir

Obst gibt's hier in jeder Menge
Fische fliegen auf den Strand
Ach, wie gerne würd ich leben
Hier in diesem Wunderland

Briefkästen sind nicht erfunden
Und auch noch kein Postverkehr
Tja, auf diese simple Weise
Krieg ich keine Rechnung mehr

Keine Chefs, die ewig meckern
Keine Hektik mehr für Dich
Keine Kunden, die uns jagen
Kein Finanzamt ärgert mich

Ich lieg da, entspannt und ruhig
Unter einem Zitrusbaum
Plötzlich schreit mein Radiowecker
Aus der Traum

Ond jetzt, zom Schluss ...

Etappe 5:

No äbbes Schwäbischs ...

Em Boddwardal

Dr Endamörder isch scho lang
In Rende, d'Enda send net bang
Se läbed lenger heitzutag
Ond des gfallt denne, gar koi Frag.

Em Sauserhof dr Sauser haust
Scho lang nemme, statt ehm do braust
Heit dr Verkehr dazwischadurch
Ond äls haut's oin en d´Aggarfurch.

Gemütlichkeit, viel Spaß ond Luscht
Koin Schtress, koi Driebsaal ond koin Fruscht
Drom wird des Dal, des isch bekannt
Au „Dal der Liebe" hier genannt.

Dia Leit send fraindlich, heflich, nett,
dia Mädla no dazu adrett
a jeder kommt gern wieder her
en onser Dähle – biddesehr

Uff onsre Berg do wachst an Wai
Ha – der kennd gar ned besser sai
Probiersch a Schlickle odr zwoi
Bisch – haidanai – nemme alloi

Jetzt hockt Dai Aff Dir uffm Schoß
Du lachsch ond denksch, worom denn bloß?
Doch bleibd dr Aff sich selbschd ned drei
Scho morga wird's an Kadr sai!

Au des vrgoht, Du wirsch scho säh
Ond saga: „Des war wieder scheeh!"
Zom Lichdaberg glotsch nomml zrigg
Ond kommsch bald wieder, ganz em Gligg!

Dr gliggliche Mo

Dr Stompa qualmt, dr Gliehwein dampft
Dr Karle völlig overkrampft
Beim Wirschtlesschtand am Pfeiler loint
Ond gligglich isch, so wia nr moint

Doch d'Martha, was sei Weible isch
Deckt hälenga dr Kaffeedisch
Net fir dr Karle – haidanai
Dr Nochbars Frieder kommt glei rai

Dia zwoi verschdehn sich lang scho guad
Ond wenn dr Karle nemmt sein Huad
Ond macht sich uff sai große Rond
Dr Frieder woiß, jetzt kommt sai Schdond

No schlupft'r zu dr Martha no
Vrgessa isch derra ihr Mo
Se busslad ond se machad rom
Des wird dem Frieder nia net z'domm

Dr Karle woiß von äll dem nix
Ond hengt iaber dr Bratwurschdbix
Am Weihnachtsmarkt saim Wirschtlesschtand
A Baurabrod en seiner Hand

Dr Bächr dampft, dia Bratwurscht schmeckt
Der, wer net drengd ond isst verreckt
Drom gohd's am guad, do wo nr loint
Ond gligglich ischr, wia nr moint!

Geburdsdag

Es klingelt, Du machsch auf dai Dier
An haufa Leid kommad zu Dir
Du lesch se nai, vrtailsch dr Sekt
A jeder fraid sich, weil's hald schmeckd
Wenn's mol nex koschdad – haidanai
Drom isch au jedr gern dabei

Die Gäschd schdehn rom, en jeder Eck
Zwoi Päärla oder drei
Mr drengd Dain Sekt ond schwätzt recht domm
Wia sodd's au andersch sai

Mr drengd ois uff die neischde Falda
Ond gradulierd dem jonga Alda

Jetzt legsch a heiße Scheibe auf
Fred Bertelmann fangt o
Er sengd vom Vagabund, der lachd
Wohl dem, der lacha ko

Em Wohnzemmr do fehld dr Disch
Ond au koi Stiehl sen do
Du hosch des ganze Zeig verraimt
Damit mr danza ko

Mr danzt ond hopft ond fiehlt sich wohl
Ond schmeißd mit Ärdniss rom
Dr Sekt vrläbberd, d'Wand versaut
So langsam wird dr's zdomm

Dia ganza Gsellschaft duad feschd lacha
Da plötzlich lesst's an jenseits Krachr
Dem Onkel Ernschd hot's d'Fiass weggrissa
Ond dabei hot'r d'Waas omgschmissa

Du dansch ond biagsch de, duasch de naiga
De jonge Kerle willsch's no zaiga
Dai Knia send woich, dai Hiftglenk lockr
Doch Du dandsch weidr wia an Rockr
Du badesch en Daim oigna Schwoiß
Dai Herzschrittmachr lauft scho hoiß
Do fahrd dr's gottsmillionisch nai
Vorbei isch's mit dr Danzarei

Gekrümmt stohsch do, kosch de net rega
A so a Feschd isch hald an Säga
Du hinksch zom Sofa, läsch de falla
Dia maischde Gäschd den bloß no lalla
Ond nochanandr gehn se no
Dai Frau ond Du – ihr bleibad do

Geburdsdag – jo – so isch des hald
So wird mr langsam, langsam ald!

S Finanzamt

Es gibt a Heisle, liabe Leid
Das des schdohd hot no jeden greid
A jedr kennd des Heisle guad
Doch koinr ziagt vor dem da Huad
Am liabschda däd ma hälenga
Des Heisle mol end Lufd sprenga

A kloine Bomb vor sellra Diar
Do wär glaub jeder glei dafier
Dia, wo do schaffed, ned verschregga
Des send Beamde, dia muaschd wegga
Damit dia pinktlich kommad naus
Bevor end Lufd fliagd selligs Haus

Was isch denn jetzt so grauslich au
An sellem hondsverreckdem Bau?
Do frogsch Du no, des glaub i ned
Dai Geld, des nemmed se Dir weg
Se langed diaf Dir en Dai Dasch
So lang, bisd nix me drenna hasch

Ond wenn Du bisch so richtich blank
No kommed se zu Dairar Bank
No wird dai Kondo gnau durchsuachd
Noch Schwarzgeld ond noch Schdeierfluchd
Ond fended se no was bei Diar
No bisch dr Seggl, des glaubsch miar

Weil wenn Du duasch Dai Geld ned blächa
No duasch Du jo gands Deidschland schwächa
Doch wenn Milliarda fließad ab
Des machd nix aus, des schreibd mr ab
Wenn Du ned zahlschd, weil Du nix haschd
No hoggsch Du morga scho em Gnaschd

Wer dia Milliarda glaud en Ruah
Der kriagd no a Millioh dazua
Erkennsch, was des fir a Heisle isch?
I glaub, dass Du des grad so siesch
Drom saged mir mit jenseids Dampf
S Finanzamt isch dr ledschde Krampf

A ganz normaler Dag

En äller Herrgottsfriah schdosch uff
Gosch glei en Keller na
Druggsch uff dia Wäschmaschena druff
Ond dia fangd's Rombla a

No nemmsch au glei an Schprudl mit
Ond Zwiebl ond a Bix
Mit Schengawurschd, des isch dr Hit
Do brauchd mr weitr nix

Dr Kaffee hosch scho aufgsetzt
D Oir brauchad no, wiad woisch
Jetzt wird schnell mol uff's Abbord ghetzt
Bevord end Hosa soichsch

En dr Zwischazeit Dai Karle
Hot scho gfriaschdiggd, isch scho weg
Draussa rägnad's, doch dai Hondle
Hot's jetzt eilich, so an Dregg

Also schprengsch hald mit Daim Fifi
Durch dia Gegend, s fraid Di au
Bletzlich haut's Di en dr Graba
Du schdosch uff, siasch aus wiad Sau

Nix wia hoim, en andre Sacha
Ond dr Hond no droggaglegd
Ond no griagdr was zom fressa
Dassr sich zwoi Schdond ned regd

Ab en Keller, denn Dai erschda
Wesch isch ewich lang scho durch
Nai dia Sacha mit de Schpura
Von dr nassa Aggarfurch

Jetz nemmsch glei Kardoffl nuff
Knoblauch ond Olivaeel
Oba glengld's, Du machsch uff
Dai Nochbor brauchd Bebbeleskehl

Des hosch Du ned ond schiggschn hoim
Ond dengsch, der hot so komisch guggd
Du dräsch de rom, ond jetzt siaschs au
Dai Fifi hot enzwischa gschbuggd

Du wisch dr Boda, bisr blitzt
Kochsch Schpätzla, ond so zwischanai
Gosch au ans Telefo, weil's schelld
Ond schengsch dr mol an Kaffee ai

Dai Mo isch's, en dr Pausa schnell
Er sechd – ond Du flippsch schiergar aus
„Du, Schätzle, was mir aifallt, gell,
lesch au amol dr Fifi naus!"

Halb elfe isch's enzwischa scho
Dai Wesch isch gwäscha, Gott sei Dank
Jetzd hausch se en dr Droggnr nai
On no varraimsch se en dr Schrank

No a Ladung fir d Maschena
Dia, wo ned en Droggnr soll
No gosch naus en eiern Schubba
Machsch dr Holzkorb wiadr voll

Jetzt muasch au mol ebbas essa
Weil sonsch haud's de demnächschd om
Du beisch grad nai en Dai Brezel
Bletzlich gracht's, ond Du fahrsch rom

Dai Fifi ziagd a Ofaholz
Em Haus hendr sich här
Du rennsch em noch, er – voller Schdolz
Rennd weg ond fraid sich sähr

Vorheng wäscha, Rasa mäha
Eikaufa no zwischanai
Mill rausbrenga, Kiahlschrank putza
S Läba isch a Hetzerei

Wesch uffhenga, Bloma giaßa
Herd's denn ned uff en dem Haus
Halbr drei isch's mittlerweile
S Hondle sod scho wiadr naus

Halb viere isch's, Dai Wesch ich weg
Jetzt kommt dr Boda dro
Schnell sauga ond no wischa
Weil om femfe kommd Dai Mo

Jetzt schnell no zwoi Fenschdr pudzd
Ond Schdaub gwischd iebrall
An manche Däg do kommsch dr vor
Grad wia em Affaschdall

Dai Arbad hosch jetzt gmachd
Jetzt rennsch no gschwend ens Bad wia gschdeerd
Schnell gwäscha, kemmd ond d Libba gschmengd
Mr woiß ja, was sich gheerd

Punkt femfe fahrd des Audo her
Dai Karle, der schdeigd aus
An miada Aidrugg machdr sehr
Ond schlebbd sich Richdong Haus

Du fraisch de richdich uff sai Gsichd
Wenn er erschd drenna isch
Du hosch de grichdad, siasch guad aus
Onds ganze Haus isch frisch

Jetzt kommdr rai, schmeißd d Schua ens Egg
Sain Kiddl hendadrai
No flaggdr sich uffs Soffa nuff
Du dengsch, des ko ned sai

„Was bisch Du fir an Driabl, Mo?
Ja mergsch Du nix?", platzt's raus
Jetzt siadr Di erschd, ond sechd: „Frau,
Siasch Du heid abgschaffd aus!

Was isch denn abr mid Dir los?
Du bisch dr ganz Dag do!
Ond hosch dia ganza Zeid Dai Ruah.
Komm, breng a Bier Daim Mo!"

Jetzt fliagd Dai Hausschuah zemlich diaf
Dai Karle duggd sich schnell
Dr ganze Schdreid begleided wird
Vom Fifi saim Gebell

So good's hald zua, so läbad mia
Em Schwobaland bei ohs
Wenn's do ond dort mol hookt, was soll's
Dr Reschd, der laufd famos

<u>Nachwort</u>

Halt, legen Sie das Buch noch nicht weg!

Nehmen Sie sich einen Zettel zur Hand, und schreiben Sie sich genau auf, wohin Sie es aufräumen – auf diese Weise suchen Sie nicht so lange, wenn Sie einmal wieder darin blättern möchten ...

(Und vergessen Sie bitte nicht, sich einen zweiten Zettel zu schreiben, auf dem Sie sich notieren, wo Sie den ersten Zettel hingelegt haben.)

Jetzt sollten Sie noch zweimal umblättern ...

Danke ...

... für Ihr Durchhaltevermögen, dieses Buch bis zu seinem Ende gelesen zu haben. (Sollten Sie durch einen hinterhältigen Streich des Schicksals vorzeitig auf dieser drittletzten Seite gelandet sein, empfehle ich Ihnen wärmstens die Seiten 13 und folgende ...)

Wenn es meine Gesundheit, meine Ausdauer, mein Fleiß, meine guten Geister, mein Verlag und – last but not least – Gott zulassen, wird es einen weiteren Band geben.

Ich freue mich heute schon darauf, Sie dann alle wiederzusehen.

Bleiben Sie gesund, guter Dinge, und mir gewogen ...

... auf bald ...

M.S.